SPANISH TEXTS

general editor
H. RAMSDEN

EL CORONEL NO TIENE
QUIEN LE ESCRIBA

A Teo Tomás Moralejo

GABRIEL GARCÍA MÁRQUEZ

EL CORONEL NO TIENE QUIEN LE ESCRIBA

EDITED WITH INTRODUCTION,
NOTES AND VOCABULARY
BY
GIOVANNI PONTIERO
Senior Lecturer in Latin American Literature
in the
University of Manchester

MANCHESTER UNIVERSITY PRESS

Spanish text © Gabriel García Márquez 1958
Reprinted by permission

Introduction, Notes, etc. © Giovanni Pontiero 1981

This edition first published 1981 by
Manchester University Press, Oxford Road, Manchester M13 9PL

Reprinted 1983, 1984, 1985

Distributed in North America by Continental Book Co.
Division of Eurobooks Inc, Glendale, NY 11385

British Library Cataloguing in Publication Data

García Márquez, Gabriel
   El coronel no tiene quien le escriba. – (Spanish texts)
   I. Title   II. Pontiero, Giovanni   III. Series
   863'.64   PQ8179.G35/

   ISBN 0-7190-0836-0

Printed and bound in Great Britain by
Biddles Ltd, Guildford and King's Lynn

CONTENTS

PREFACE

The present edition is aimed at sixth-formers and university under-graduates. I wish to thank the following people and organizations for their encouragement and assistance during the various stages of preparation: Sr Gabriel García Márquez and Carmen Balcells for permission to publish; the University of Manchester for supporting research in Spain; the Center for Inter-American Relations in New York and the Library of Congress in Washington for allowing me to use material from their archives; Professor Herbert Ramsden, the General Editor of the Series, and the staff of the Manchester University Press. I am especially indebted to Professor Juan Carlos Sager, Dr Arnold Hinchliffe, Professor Donald Shaw and Dr Leslie Bethell for their critical observations; and, finally, to Miss Mary McDonald and Mrs Juanita Griffiths who typed the manuscript with admirable care and efficiency.

1980   G.P.

INTRODUCTION

A MINOR MASTERPIECE

The name of Gabriel García Márquez is generally associated with his much acclaimed masterpiece *Cien años de soledad* which was first published in 1967. No other contemporary Latin American novel has attracted so much attention abroad and the late Pablo Neruda, in an interview shortly before his death, described *Cien años de soledad* as the greatest work to be written in the Spanish language since the publication of Cervantes' *Don Quixote*. The novel has been widely translated and the volume of critical reviews and essays devoted to the Colombian writer's achievement appears to be inexhaustible.

The success of this major novel has tended to obscure the importance of an earlier and much shorter narrative by García Márquez, *El coronel no tiene quien le escriba*, which represents something of a landmark in the author's development.

Completed some ten years earlier in 1957 and published in the following year, this novel of little over a hundred pages is also a masterpiece in its own right. Here the reader will find most of the salient characteristics and facets of García Márquez's writing expressed with an admirable concision and sense of balance.

The story, covering events between October and December 1956,[1] is in itself quite straightforward, and is told objectively by an omniscient narrator. The unidentified setting could be modelled on the town of Sucre[2] where the author spent some time when his parents lived there during the 1930s and 1940s. There are, however, more obvious connections with the fictional setting of Macondo in his first novel *La hojarasca*.

---

[1] A passing reference to the Suez crisis (25) places the time of the story in the mid-1950s. The Suez Canal was nationalized in 1956.

[2] Geographically situated in the swampy grasslands of the lower Magdalena Basin, Sucre would square with the author's description of a region plagued by heavy rains and torrid heat in the month of October. The town's location in the midst of the arterial system formed by the tributaries of the Rivers San Jorge and Cauca would also explain the dependence upon river transport for supplies and communications as suggested in the novel.

As the title suggests, the novel is dominated by the personality of the unnamed colonel, a veteran of the grim 'War of a Thousand Days' which broke out in 1899 between Conservative and Liberal factions and caused havoc and destruction throughout the provinces of Colombia. According to the terms ratified by the Peace Treaty of Neerlandia[3] and subsequent decrees issued by the National Congress, veterans of this inconclusive struggle were entitled to indemnities but fifty years later the colonel is still patiently waiting for the letter that will authorize payment of his war pension.

The colonel's life history is one of endless frustration and disappointment. His ramshackle house is mortgaged, and the lease is about to expire, and his only son, Agustín (the one hope of support and the perpetuation of his name), has been brutally killed for his clandestine activities on behalf of the revolutionary underground movement. Faced with all the disadvantages of old age, the colonel and his ailing wife are weary of a lifetime of hardship. Their sole remaining hope of survival is the fighting cock that belonged to Agustín, but they can afford to feed the animal only by starving themselves. The story of their struggle against poverty and sickness culminates in the colonel's defiant refusal to part with the cock.

Reflection outweighs any action in the novel. The colonel's days of military service belong to the remote past and for many years now his life has been reduced to a weekly ritual. As each Friday approaches, his hopes revive that the all-important letter confirming his pension will finally arrive. Week after week he awaits the arrival of the mail-boat only to suffer further disappointment and despondently he returns home to renew the long vigil.

García Márquez has stated that all his narratives are developed from a simple image. The inspiration for *El coronel no tiene quien le escriba* came from a remote scene in the author's native Colombia recollected in a moment of crisis while living in Paris some years later:

> De *El coronel no tiene quien le escriba* lo primero que vi fue al hombre, contemplando las barcas en el mercado de pescados de Barranquilla: muchos años después, en París, me encontré yo mismo en una situación de espera angustiosa y me identi-

---

[3] The fictional *Tratado de Neerlandia* or Treaty of capitulation of Colonel Aureliano Buendía's insurrectionist forces is discussed in greater detail in a central chapter of *Cien años de soledad*.

fiqué con el recuerdo de aquel hombre: entonces comprendí
lo que sentía mientras esperaba.[4]

THE COLONEL'S TALE

Although we never learn the colonel's name his character is so vividly
portrayed that the reader quickly gains the impression of knowing
him intimately. The colonel's warmth and humanity make him one
of García Márquez's most memorable and endearing characters. He
is at once tragic and comic. In old age, he displays a moral courage
that goes beyond the physical courage of his days as a soldier.
Childlike in his candour, he is at the same time profoundly wise, and
utterly resolute in his decision to rectify the past.

The old man's entire existence is dominated by two things. First,
the long, inexorable wait for the letter that will finally confirm his
war pension: 'Durante cincuenta y seis años – desde cuando terminó
la última guerra civil – el coronel no había hecho nada distinto de
esperar' (3); and secondly, by the fighting cock in the yard whose
presence reinforces the meaning of the colonel's lost years and his
son's untimely death.

The cock's forthcoming contest in the cock-pit promises one
last chance to settle his mounting debts and regain his self-respect.

Ignoring his wife's anguished entreaties that he should sell the
bird and silencing his own doubts about the risks involved, the
colonel decides to sacrifice everything he possesses in order to meet
this final challenge. The author tersely expresses the mental and
emotional strain to which the old man is subjected in a subtle
juxtaposition of the two obsessions that occupy his old age: 'Quince
años de espera habían agudizado su intuición. El gallo había agudizado
su ansiedad' (13).

To complicate matters, there are other difficulties to be faced.
The long years of poverty have resulted in malnutrition and chronic

[4] Cited by Miguel Fernández-Braso, *Gabriel García Márquez (Una
conversación infinita)*, Editorial Azur, Madrid, 1969, 106–7. The
'situación de espera angustiosa' which García Márquez himself experienced was precipitated by the closure of *El Espectador* by the Colombian
government in 1955 which left the author unemployed and in desperate
need of funds.

ill-health. Life in this tropical backwater where plague and disease are rife and the climate is enervating with its oppressive heat and humidity is almost beyond endurance. The daily fight for physical survival becomes increasingly more difficult as October returns with its perpetual drizzle and nauseating odours. The disorders of a decomposed and contaminated nature are reflected in the curious physical symptoms experienced by the colonel, plunging him into a state of unreality: 'el coronel experimentó la sensación de que nacían hongos y lirios venenosos en sus tripas' (3).

For the colonel, there is the additional humiliation of having outlived his usefulness to a political cause that seems to have lost any impetus. Penniless and without any prestige or influence, he treads warily in this ill-fated community where petty intrigues and irrational prejudices make life unbearable.

Any sense of pride or independence is difficult to sustain when one's personal circumstances are as vulnerable as those of the colonel: 'Tuvo que apretar los dientes muchas veces para solicitar crédito en las tiendas vecinas. "Es hasta la semana entrante", decía, sin estar seguro él mismo de que era cierto' (35). The colonel and his wife live in a hovel with a leaking roof which they cannot afford to have mended and the old man does not even possess a mirror for shaving. His wife, on the rare occasions when her health permits, spends every spare moment mending the few rags they own between them and she boils stones in order to silence gossiping tongues and convince their neighbours that they have something to eat. Innumerable trips to the pawnbroker have left them with nothing more in the house worth pawning apart from their wedding rings, and to add to their worries the old woman's chronic asthma confines her to bed for days on end where she hovers between life and death.

The daily routine finds the couple reviewing their scant resources. Forty years of struggle and privation have taught them one of life's most bitter lessons about the alienating effects of poverty, capable of eroding the deepest bonds: 'El coronel comprobó que cuarenta años de vida común, de hambre común, de sufrimientos comunes, no le habían bastado para conocer a su esposa. Sintío que algo había envejecido también en el amor' (49). Solitude and weariness colour their every thought and action. The psychological burden they endure raises a number of basic questions about human destiny and, perhaps most forcefully of all, the fundamental dilemma whether man's existence should be seen with the eyes of hope or despair.

Although the colonel may appear to be a somewhat passive figure who is ordered around by everyone — 'Péinate' (7); 'Venda ese gallo' (45); 'No sea ingenuo' (59) — he is, at heart, a man of deep convictions and self-determination. Basically he is a stubborn non-conformist in conflict with his time and a world of debased values. He has few illusions about the loyalty and support of his fellow creatures, yet he continues to search for genuine values in a social environment where integrity is mocked and ideals sound hollow.

A political visionary, the colonel, like those extravagant heroes who haunt his dreams, the legendary Colonel Aureliano Buendía and the Duke of Marlborough,[5] is sustained by a sense of mission that often borders on obsession. The great days of revolutionary fervour are over and the *Asociación municipal de veteranos* has virtually become obsolete as its members have died or disappeared. His own contribution as treasurer of the insurgents' funds who faced danger during a crucial phase of the Revolution now seems remote and forgotten, yet something of his former enthusiasm remains. Virtually a sole survivor of those historical events, the colonel's isolation only serves to quicken his sense of responsibility and trust. *Surrender* is a concept that he finds unacceptable. Subsequent events have brought one disappointment after another dashing any hopes of securing his just rewards but his philosophy of life is as firm as it is succinct: 'Nunca es demasiado tarde para nada' (45).

The colonel still has a few cards left to play. One Friday the mail-boat might finally bring the letter. Agustín's cock might win the forthcoming contest and earn the colonel and his friends some much-needed cash. The underground guerrillas might succeed in their

[5] *Colonel Aureliano Buendía*, who started thirty-two wars and lost all of them is one of the main characters in *Cien años de soledad* and his exploits provide some of the most colourful chapters in the novel. The protagonist of *El coronel no tiene quien le escriba* served in Colonel Buendía's last armed insurrection.

Duke of Marlborough (1650–1722): English general who routed the French at Blenheim in 13 August 1704, in the War of the Spanish Succession. He won the battle but went on to lose the war. The Duke of Marlborough reappears in several of García Márquez's narratives as a quaint legendary figure. The author has explained in his reminiscences of childhood how tales about the mythical hero Mambrú became associated with this historical character. Fully dicussed in an interview with Luis Harss, 414–15 (see Bibliography).

protracted fight for democracy. The odds against any of these things
happening are certainly heavy, but the colonel continues to believe
that his patience will be rewarded in the end.

THE ESSENCE OF HEROISM

García Márquez has explained that the colonel originally was con-
ceived as a comic figure but his personality gradually changed,
making him a much more complex and ambiguous character as the
novel developed.

In the face of all his trials, the colonel's 'confiada e inocente
expectativa' (3) is tantamount to an act of heroism. Unflagging in
his search for an honourable solution to the many domestic problems
that beset him, the old man preserves the innocence and purity of a
child. This attractive quality is exemplified by the things that excite
his imagination — a travelling circus, the planting of roses, or a
spontaneous outburst of song. In the colonel's eyes, the world, for
all its nastiness, remains full of surprising possibilities. The most
commonplace objects and manifestations are subject to the most
amazing metamorphoses — umbrellas, a pair of old shoes, spots on
one's face or hands, buckets and market stalls — are all suddenly
transformed into something quite remarkable and unexpected, and
by taking on a new appearance they also assume another meaning.
The colonel is as curious as any child about the wonders of a trip in
an aeroplane. His very writing is childlike, with its 'garabatos grandes
un poco infantiles' (33), and, most engaging of all, there is the
youthful spontaneity of his droll humour, as he compares his wife's
appearance to that of the little man on a packet of Quaker Oats or
wittily rebukes the local urchins for gawping at his cock. 'Los gallos
se gastan de tanto mirarlos' (5) he warns them.

The physical portrait of the colonel in an improvised outfit as he
sets out to attend a local musician's funeral is amusingly gauche yet
at the same time moving:

> Los pantalones, casi tan ajustados a las piernas como los
> calzoncillos largos, cerrados en los tobillos con lazos corredizos,
> se sostenían en la cintura con dos lengüetas del mismo paño
> que pasaban a través de dos hebillas doradas cosidas a la
> altura de los riñones. No usaba correa. La camisa color de
> cartón antiguo, dura como un cartón, se cerraba con un botón

> de cobre que servía al mismo tiempo para sostener el cuello
> postizo. Pero el cuello postizo estaba roto, de manera que el
> coronel renur :ió a la corbata. (6)

Deprived of a mirror, the colonel tries to imagine the total effect of
this odd assortment of patched up garments and suggests to his wife
that he must look like a parrot. Examining him closely, the old
woman shakes her head in disagreement, for beneath the incongruous
clothes she can still recognize the soldier she married all those years
ago. The man she sees before her is no figure of fun but the brave
young hero who fought for the ideals he cherished. In the old
woman's eyes, her husband is a man too honest and proud for his
times and she finds his stoic attitude to the injustices they have
suffered altogether exasperating. The colonel's aspirations have
diminished with the years. His needs are truly modest and he only
feels completely at ease in the privacy of his house, in the company
of a few loyal friends or in quiet conversation with his fighting cock,
the confidant of his anxieties and capable of responding with 'un
sonido gutural . . . como una sorda conversación humana' (47).

Now that most of his co-partisans have died or gone into exile
and there is no longer any Agustín to perpetuate his name, the
colonel feels more isolated and solitary than before. Tired of waiting
and often close to despair, he continues to run the risk of imprison-
ment or worse by circulating propaganda on behalf of the revolutionary cause for, as he sadly reflects: 'Era su único refugio . . . y él
quedó convertido en un hombre solo sin otra ocupación que esperar
el correo todos los viernes' (20).

No specific political parties or affiliations are mentioned in the
novel, thereby underlining the solitary nature of the colonel's
contribution. The vagueness with which the activities of the underground are described reinforces the idea of a dispirited and ineffective
opposition to the political *status quo* in this no-man's-land. The
colonel reacts to the hopeless chaos all around him with his customary
wit and resignation as he copes with an unfeeling bureaucracy, his
inept lawyers, an uninterested post-master, his nagging wife, or the
avaricious Don Sabas.

Suppressing anger and indignation, he can muster a wry comment
on the absurd consequences of press censorship: 'Desde que hay
censura los periódicos no hablan sino de Europa . . . lo mejor será
que los europeos se vengan para acá y que nosotros nos vayamos

para Europa. Así sabrá todo el mundo lo que pasa en su respectivo país' (25), and he can poke fun at the mayor's obsession with the possibility of yet another insurrection.

Although his sense of humour helps the old man to parry his wife's raw logic, to restrain his inner rebellion and assuage his unhappiness, the stubborn streak in his nature hardly conceals the underlying doubts and uncertainties. 'El que espera lo mucho espera lo poco' (32) he retorts to the lawyer who hints at further delays in securing the colonel's pension. But, alone with the cock, he confides: 'La vida es dura, camarada' (37). There is a faltering note in his pathetic letter to some remote government department pleading justice and retribution after a lifetime of sacrifices but self-pity is out of character with the colonel's temperament and he always ends up by reassuring himself and others that 'La vida es la cosa mejor que se ha inventado' (46). The verb used here by García Márquez is interesting. A life *invented* rather than *created*, stressing the idea of challenge and adventure in human destiny whatever the obstacles along the way.

Harassed and thwarted by the treachery and dishonesty of his political enemies, the colonel goes on practising trust and compassion. Aware that adverse circumstances have fostered a degenerate society, the colonel is always ready to see some good in others. This is certainly true in his dealings with Don Sabas who has grown rich from dubious political alliances, and whose unscrupulous methods are denounced by the doctor when he assures the colonel that: 'El único animal que se alimenta de carne humana es Don Sabas' (59). The colonel makes no reply, mindful that the loathsome Don Sabas is the godfather of the dead Agustín, and long experience of human weaknesses has taught the colonel reflection and restraint. Goaded into some reaction by his wife's persistent accusations and recriminations as she watches other prosper while they continue to starve, the colonel comes close to submission, but in the end the old man cannot bring himself to part with this creature that has somehow become an intimate part of him. The final dialogue between an anguished wife and the intransigent colonel is bitter and intense:

> —No se te ha ocurrido que el gallo puede perder.
> —Es un gallo que no puede perder.
> —Pero suponte que pierda.
> —Todavía faltan cuarenta y cinco días para empezar a pensar en eso —dijo el coronel.

> La mujer se desesperó.
> —Y mientras tanto qué comemos, preguntó, y agarró al coronel por el cuello de la franela. Lo sacudió con energía.
> —Dime, qué comemos.
> El coronel necesitó setenta y cinco años —los setenta y cinco años de su vida; minuto a minuto— para llegar a ese instante. Se sintió puro, explícito, invencible, en el momento de responder:
> —Mierda. (73)

The novel closes abruptly with this stark expletive of unguarded and uncharacteristic vulgarity. The word *mierda* erupts with all the aggression and defiance the colonel can summon as he gives vent to a lifetime of pent-up anger and frustration.[6] In this final outburst, he reassures himself and the world at large that, however foolhardy, he is very much alive and intent upon surviving.

At the same time, it must be recognised that this uncharacteristic outburst of anger falls short of any explanation. Sensitive to the hopelessness of their situation, the old man has no answer for his wife and, at heart, he feels remorseful in the knowledge that his stubborn refusal to part with the cock means a prolongation of uncertainty and hardship for both of them.

THE COLONEL'S WIFE

The wife plays a central role in the narrative as a figure of contrast. Her reactions to people and situations are often at variance with those of the colonel and her observations reveal a firmer grasp of

---

[6] Similar outbursts releasing pent-up emotions can be found in the author's major novel *Cien años de soledad* and most notably of all in the closing paragraph of one of his short stories — 'Rosas artificiales' (*Los funerales de la Mamá Grande*). Characters and episodes from the author's narratives are exploited like the pieces of an enormous jigsaw puzzle. García Márquez has stated more than once that 'En realidad, uno no escribe sino un libro'. He also argues that his major novel *Cien años de soledad* should be seen as a culmination embracing earlier narratives: '. . . es como la base del rompecabezas que he ido entregando en mis libros anteriores. Las claves, por tanto, están en los primeros'. Fernández-Braso, 104.

reality and a more practical approach in her efforts to solve their domestic problems.

Her perceptive comments reveal an underlying vein of cynicism. Frank and unsparing in her judgements, the colonel's wife is much more sensitive to their humiliating situation in a community where there is little charity or understanding and the symptoms of chronic asthma tend to make her altogether more sombre and withdrawn. A lifetime of poverty and illness has altered her character: 'endurecido todavía más por cuarenta años de amargura' (70), and to this extent the colonel's wife epitomizes the solitude engendered by suffering. Feverishly telling her beads or muttering fiercely to herself as the recurring attacks of asthma impede her breathing and dull all her faculties, this tortured woman reveals the darker side of the human psyche. Her musings betray an obsession with the evils that stalk the world and the inherited burden of original sin. Her disconnected utterances as she lies struggling for breath betray a disturbing familiarity with encroaching death and the author describes the old woman as someone dying of *agonía* rather than *enfermedad*, a word capable of expressing a greater sense of pathos.

Deeply religious, she draws strength from her simple faith, fearing God and his justice and anguished by the corruption of the world around her. Tenacious in her religious beliefs, she is, nevertheless, plagued by nagging doubts and the temptation to rebel against an evil destiny. Endless hardship has taught her to expect nothing more from this earth with its sorrows and strife. After many years of unrelieved hunger and poverty, she has become aware of the social divisions whereby the rich go on thriving at the expense of the poor: 'Nosotros ponemos el hambre para que coman los otros' (71).

Several episodes in the novel suggest that worry, ill-health and bereavement have turned the old woman into an incorrigible pessimist but the author's portrait of this haunted creature is much more complex and subtle. For all her woes, the colonel's wife shows remarkable physical and moral resilience. Her fragile appearance — 'Era una mujer construida apenas en cartílagos blancos sobre una espina dorsal arqueada e inflexible' (4) — is seen to be deceptive as she recovers from one bout of asthma after another, proving that she has the will-power to overcome chronic illness. 'Cuando estoy bien', she boasts, 'soy capaz de resucitar un muerto' (24).

And despite her constant nagging and growing impatience with her husband's 'paciencia de buey' (26) and the angry outbursts provoked by his unwillingness to swallow his pride and ask for some assistance, the colonel's wife at heart admires the colonel's integrity. She shares many of her husband's qualities, notably his uncompromising honesty and spirit of independence and his loyalty and compassion. A sharp tongue does not detract from her genuine concern for the colonel's well-being. She takes infinite pains to make sure that her husband has something to eat and clothes to wear so that he can appear in public looking clean and tidy. Conscious of her role as a wife and mother, she is ultimately more sensitive to the wrongs and injustices suffered by her husband than to the sorrows that have blighted her own life.

Her memories of the past are much more positive and insistent that those of the colonel. The obsessive image of the dead Agustín and the paralysing symptoms of asthma invariably reduce her to prayer as she relapses into semi-consciousness and total withdrawal from everyone and everything around her: 'la pedregosa respiración . . . remota . . . navegando en otro sueño' (35).

Inconsolable, the old woman's moments of respite are few and far between, but where they occur the reader catches glimpses of a quite different woman — indulging in an elaborate toilet in an attempt to restore her ravaged looks, bantering with the doctor with surprising reserves of pungency and wit and ready to start life afresh just when all seemed lost.[7]

Her revived strength is signalled by a spate of domestic activity and, once restored to the land of the living, she is quick to reassert her authority in the house. 'Un día de estos me muero y me lo llevo a los infiernos' (19), she threatens the young doctor who tends the old couple without payment out of mutual sympathy and common political allegiances. Alas, the recovery is short-lived and her spirits flag as she ponders their bereavement. The mystery of death is ever present in this old woman's thoughts — the waste and futility of death on the one hand, the Christian view of its inevitability and acceptance on the other.

Isolated even further by their son's death, they support each other as best they can. They tell innocent lies to spare each other's feelings and secretly make sacrifices to alleviate each other's daily burden. Their youth is momentarily recalled in a spontaneous gesture of affection when the colonel promises to take his wife to

[7] Compare Úrsula in *Cien años de soledad*.

the cinema when the year of mourning for Agustín is finally over,[8] and happier times come to mind as they try to recall the details of the last film they saw together in 1931, significantly titled 'La voluntad del muerto'.

What emerges from these episodes is a loving and caring relationship. However serious the problems the colonel and his wife share and however stormy the moments of friction, provoked by a sense of desperation rather than any deep-rooted antagonism, their marriage is secure and meaningful. By comparison, that of the querulous Don Sabas and his prattling wife borders on caricature. For while austerity and privation actually strengthen the sense of mutual dependence between the main characters, Don Sabas and his wife torment each other with their foolish fears and suspicions, lost to the world and each other amidst the confusion of their hoarded possessions.

POVERTY AND REDEMPTION

The moral implications of *El coronel no tiene quien le escriba* are strengthened by the author's persistent use of ambiguity. In his portrait of the colonel and his wife, García Márquez makes no attempt to disguise the injustice or humiliation of poverty. Independence and self-respect are soon undermined when characters are deprived of an honest livelihood and sense that they are socially unacceptable and ostracised.

Yet that poverty also seems to ennoble the lives of the colonel and his wife.[9]

Social concern and Christian precept are combined here, and there is something decidedly evangelical about the author's attitude to the sufferings of the poor and underprivileged. The moral he incorporates

---

[8] This cult of the dead recurs in numerous episodes and details of dialogue throughout the novel. The dead musician is buried with his bugle between his hands; no music is allowed in the town until after the funeral; wakes and formal visits to the bereaved relatives are carefully observed; requiem masses are celebrated and a suitable period of mourning is considered essential.

[9] Compare 'la serenidad escrupulosa de la gente acostumbrada a la pobreza' extolled by the author in 'La siesta del martes' (*Los funerales de la Mamá Grande*).

forcefully recalls the biblical precept: 'Blessed are the poor in spirit; for theirs is the Kingdom of Heaven' (Matthew V.3).

Conversely, we are reminded of Christ's warning to the rich man that 'It is easier for a camel to pass through the eye of a needle than for a rich man to enter into the Kingdom of God' (Luke XVIII.18).

For the rich are invariably depicted by García Márquez as being neurotic and grotesque. Their very eccentricities betray a meanness of spirit. To offset their worldly wealth and power they are plagued by every manner of strange ailment and disorder. They go in fear and mistrust of everyone and succumb with alarming regularity to that enigmatic malady — *rabia*,[10] so that, far from exciting the envy of the poor, they attract ridicule and even compassion.

Don Sabas and his wife belong to this unhappy breed. He is dyspeptic and the proverbial hypochondriac who is incessantly worrying about some imagined threat or other and endowed with all the phobias of the incurable miser. The physical description of this wretched little man conveys the repulsive nature of greed and excess: 'Un hombre pequeño, voluminoso pero de carnes fláccidas, con una tristeza de sapo en los ojos' (42) lost amidst the accumulated junk in his office which always makes the colonel think of the aftermath of some great catastrophe. Miserable and dissatisfied, wealth has brought Don Sabas neither friends nor happiness. He is constantly in need of injections to control his diabetes, but, as the doctor bitingly observes: 'La pobreza es el mejor remedio contra la diabetes' (57) and that is the one cure Don Sabas is never likely to seek.

His rather stupid and tiresome wife is every bit as hypochondriac 'con su manera de hablar que recordaba el zumbido del ventilador eléctrico' (44). Obsessed and loquacious, she suffers from perpetual nightmares and terrifying visions of the underworld that excite our curiosity if not exactly our sympathy. Like her husband, she, too, is ever in need of a remedy for some undiagnosed malaise vaguely described as 'esas cosas que de pronto le dan a uno y que no se sabe qué es' (58). The domestic life of these two unfortunate creatures is one long war of attrition as they torture each other with their

---

[10] *Rabia* is normally translated as *anger* or *hatred*. But here the author clearly implies something much more complex and ambiguous. Material wealth paradoxically results in frustration and dissatisfaction eroding every vestige of spiritual peace and contentment.

endless complaints and lamentations, the victims of their own foibles and imaginary fears.

In García Márquez's fiction there is no simple or straightforward explanation of human destiny. Curious paradoxes underline the fortunes of both rich and poor. In the final analysis, neither the powerful nor the oppressed are immune from sickness and death. Injustices and inequalities are commonplace in the primitive society the author depicts. Corrupt authorities abuse their power while the poor have recourse to God and Providence, but the laws of heaven and earth provide no clear guidance for the confused inhabitants of this isolated community. Reduced to a situation where any further hope or effort seems futile, the poor cling to the belief that constancy in faith will bring its own rewards. Having lost out in this world, they draw cold comfort from the Church's message that they can expect their just rewards in heaven.

A FESTERING BACKWATER

The military barracks, church, cinema and billiards saloon grouped around the town's main square characterize the restricted atmosphere of provincial life. The priest and mayor preach morality and order to the town's inhabitants with no great conviction while erotic films and the gambling tables offer more palatable diversions. The repressive measures of both military and church authorities result in a hearty contempt for law and precept and an even greater determination to flaunt all censorship and prohibition.

The local scene in this 'pueblo de mierda' (42) is rounded off with brief sketches of the predictable *simpáticos* and *antipáticos* whom one readily associates with small town life. Familiar characters reappear whom the author has memorably sketched in earlier narratives but their personalities and activities are now probed in greater detail. The town's unpopular mayor reappears looking as scruffy and ill-tempered as ever: 'en calzoncillos y franela, hinchada la mejilla sin afeitar' (10).[11] He is weak and ineffectual and more preoccupied with potential conspiracies and public insurrections

---

[11] This description is fully explained in the encounter between the mayor and Don Aurelio Escovar, the 'dentista sin título', in 'Un día de estos' (*Los funerales de la Mamá Grande*).

than the basic requirements for good government. Aware of his own ineptitude, this hopeless coward fears for his future should he be caught unawares and suddenly find himself removed from office. On the other side of the square, Padre Ángel carries out his function as parish priest, but he, too, is conscious of encroaching senility and his waning influence over a godless community. He, too, has his obsessions as parishioners abandon the sacraments for the prurient delights of the cinema. No longer able to command the respect of the community he serves, Padre Ángel symbolizes the declining fortunes of a Church that has lost credibility. His cherished devotion to the Blessed Virgin Mary is mocked in the avid curiosity of the populace to see 'Virgen de medianoche'[12] currently being shown at the local cinema. Padre Ángel's rantings and ravings from the pulpit about this new Sodom and Gomorrah have little or no effect on his dwindling congregation. Reduced to a figure of fun by the cynicism and moral indifference of the town's inhabitants, the old priest can only take refuge in memories of his youthful aspirations as a zealous young curate, intent upon saving souls.

The philanthropic doctor and black lawyer complete this picture of a traditional community in the Colombian provinces. Like the mayor and the priest, they represent the prestige roles in any small town, but the author has carefully individualised these stock characters so that they become colourful personalities in their own right.

The doctor's sardonic humour and radical political views endear him to the colonel and his wife. His cheerful disposition, smart clothes and suave manner suggest the existence of an independent and enlightened minority in this otherwise repressed community.

The obese lawyer is somewhat more typical of the slow pace of life and general inertia in this remote town. He is described by the author as 'un negro monumental sin nada más que los dos colmillos en la mandíbula superior . . .' surrounded by disorder and slumped in a chair: 'demasiado estrecha para sus nalgas otoñales' (27–8). This

---

[12] *Virgen de medianoche* (*Midnight Virgin*). The poster advertising the film depicts 'una mujer en traje de baile con una pierna descubierta hasta el muslo' suggesting a somewhat *passé* image of female seduction. Prurience and sensationalism tend to be the main features of the poor-quality films shown in remote provincial towns throughout Latin America.

unflattering portrait, suggesting sloth and incompetence, makes the lawyer an obvious target for social satire. He is fully experienced in all the intrigues and delaying tactics associated with his debased profession and the chaos of his improvised office mirrors a legal system calculated to confuse rather than resolve issues.

The presence of Agustín's former friends, Alfonso, Germán and Álvaro[13] is somewhat more fleeting. Their contact with the colonel is limited to clandestine meetings and hasty exchanges of subversive propaganda. Even more shadowy are the Syrian, Turkish and Arab merchants who add a note of exoticism while being seen as shifty and unreliable. The Syrian merchant Moisés has lived in the town long enough to forget his native tongue yet he is still considered a foreigner by the community. To have dealings with these merchants is viewed with suspicion. This instinctive distrust of outsiders is borne out by the sense of humiliation expressed by the colonel's wife when she is forced to approach these grasping merchants as a last resort in her efforts to sell a picture: 'Estuve hasta donde los turcos' (49), she despondently confesses.

Through these minor characters, we are able to penetrate the general atmosphere of resentment and hostility that has taken possession of this decaying society.

The church and military are discredited and political life is at a standstill. Vocations and professions are pursued without enthusiasm or conviction and when the colonel, mayor, lawyer, priest and doctor come to assess their various roles they are confronted with the utter emptiness and absurdity of their situation. The colonel's lawyer is disarmingly frank about the slim chances of securing the old man's pension: ' . . . en los últimos quince años han cambiado muchas veces los funcionarios . . . Piense usted que ha habido siete presidentes y que cada presidente cambió por lo menos diez veces su gabinete y que cada ministro cambió sus empleados por lo menos cien veces' (31).[14]

---

[13] These three characters who reappear in *Cien años de soledad* have been identified as Alfonso Fuenmayor, Germán Vargas and Álvaro Cepeda — close friends of García Márquez during the fifties when he lived in Barranquilla.

[14] An example of the author's frequent use of hyperbole. Colombia, in fact, had five presidents between 1941 and 1956.

The doctor sums up with his customary realism the collective sense of frustration as the opposition is defeated once more in rigged elections, and he chides the colonel for being naively optimistic: 'No sea ingenuo . . . ya nosotros estamos muy grandes para esperar el Mesías' (15).[15]

Political life has become a farce in this town where even a poor musician's funeral can be seen as a pretext for a public revolt. The lawyer tries to palliate the hopelessness of the colonel's situation with solemn clichés: 'Así es, coronel . . . La ingratitud humana no tiene límites' (29), the mayor and priest become hysterical in trying to cope with their recalcitrant charges; the doctor castigates the establishment, the colonel shrugs off his worries, and his wife turns to prayer. But the majority of the inhabitants in this ill-fated town simply vegetate between outbreaks of fanaticism and violence or combat boredom with gossip, prohibited pleasures and reckless gambling.

HALLUCINATED VISIONS

The combined effect in the novel of external forces such as the fierce climate, political repression, isolation and fears rooted as much in superstition as in orthodox religious beliefs, is to distort and sometimes even displace reality.

The climate as described by the author is oppressive and relentless. The incessant *lluvia . . . llovizna . . . humedad . . .* and *calor* wear down everyone and everything, causing physical and mental disorders — somnolence, amnesia, fever, malaria and insanity. The elements make their presence felt with a force akin to violence, a point emphasized by the author's choice of strong verbs — 'El pueblo *se hundió* en el diluvio' (34) — and referring specifically to the colonel: 'la llovizna le *maltrató* los párpados' (9). The dreaded month of October returns like a scourge to torture the town's inhabitants. 'Es octubre, compadre', the colonel weakly replies when Don Sabas enquires what is ailing him, and nothing more needs to be said. The horrors of October are the one remaining certainty in

[15] *Messiah*: name given to Jesus of Nazareth as deliverer of the Jewish nation. By association, the awaited liberator of an oppressed people or country.

this swampy terrain where yellow fever is rife and nature behaves perversely: 'La humedad continuaba pero no llovía' (7) — the laws of cause and effect no longer in evidence. Strange sensations in the colonel's intestines warn him of the dangers ahead. He has the weird impression of poisonous fungi and lilies growing in his guts and of strange animals feeding on his entrails. And, overcome with fever, he finds himself temporarily divorced from corporeal existence: 'Se sintió flotando en círculos concéntricos dentro de un estanque de gelatina' (16). Time slows down to a ponderous rhythm as the colonel starts to believe himself 'la única cosa móvil en el pueblo' (54).

Things fair and foul crowd his subconscious. Strange visions and apparitions pass through his mind in rapid succession, lyrical and grotesque in turn, but while arousing the colonel's curiosity they offer no clear message or reassurance. The sudden appearance of 'un vaho de moscas triangulares' (17) suggesting some omen or premonition is hastily dismissed by the colonel as a false alarm; elsewhere, he lingers over strange perceptions of a world in a state of transformation as the patio, grass and trees appear to be 'flotando en la claridad' (62), as he begins to visualize 'puercos engordados con rosas' (63), or imagines himself plunging into 'una substancia sin tiempo y sin espacio' (72).

The dreams and nightmares of the town's inhabitants have all the panache and extravagance of surrealism. Under a shimmering light (*luz reverberante*) familar objects from everyday life are re-discovered in a world of fantasy where they assume a new meaning. This dimension of imagination accentuates the grey monotony of the daily routine from which the characters momentarily find themselves released. More important still, these momentary hallucinations provide a glimpse of a freer existence unfettered by time and circumstances. And while it is true that many of these mental fantasies seem absurd and far-fetched, they should also be seen as logical exaggerations of real situations.

Unpleasant physical sensations provoked by heat and dampness invariably invoke unpleasant memories and associations. In the overpowering heat of the afternoon, the colonel recalls with horror his experiences as a youth in Macondo, that other festering backwater immortalised in *Cien años de soledad*. Overcome by drowsiness, the colonel closes his eyes and re-lives those days of physical and mental torment:

En el sopor de la siesta vio llegar un tren amarillo y polvoriento con hombres y mujeres y animales asfixiándose de calor, amontonados hasta en el techo de los vagones. Era la fiebre del banano. En veinticuatro horas transformaron el pueblo. 'Me voy,' dijo entonces el coronel. 'El olor del banano me descompone los intestinos', y abandonó a Macondo en el tren de regreso, el miercoles veintisiete de junio de milnovecientos seis a las dos y dieciocho minutos de la tarde. Necesitó medio siglo para darse cuenta de que no había tenido un minuto de sosiego después de la rendición de Neerlandia. (51)

With striking concision, the progression of thought in this passage reveals an interesting pattern of associations. The colonel's mental image of the exodus from plague and warfare reduces both humans and animals to a faceless mass of collective suffering and misery. The colonel is suddenly assailed once more by the stench and contamination of yellow fever prevalent in the banana plantations. In his mind, he relives the dreaded symptoms of fever and nausea and he is plunged into gloom as he mentally equates this natural disaster with his personal history of decline and futility. When he suddenly awakes, the nightmare is over, but the sense of alienation and disquiet remain.

The cruelty and perversity of nature and man constitute two formidable enemies, and the colonel has learned to be on his guard. Some measure of composure has come inevitably with age and experience but even now some chance encounter or unforeseen episode can unnerve him. An unexpected confrontation with his son's assassin when the military police raid a gambling den provokes confused reactions while reminding him of his own vulnerable situation. Watching the dice spin as the gamblers play roulette, the colonel reflects upon the element of hazard governing all human existence with its conflicting emotions of fascination, sudden anxiety and bitter disappointment: 'El coronel se sintió oprimido. Por primera vez experimentó la fascinación, el sobresalto y la amargura del azar' (60–1). The game in progress suddenly becomes transformed before his gaze into a terrifying symbol of his own precarious existence fraught with danger and uncertainty.

The atmosphere of intrigue and distrust in the political and social sphere readily extends to unfounded scruples and suspicions at a personal level. Imaginary enemies, irrational fears about reprisals and vendettas, absurd prejudices directed at strangers and foreigners and an enforced need for secrecy and discretion all contribute to the general mood of tension and hysteria. The colonel's agitated conversations in his sleep with the Duke of Marlborough, 'el inglés disfrazado de tigre que apareció en el campamento del coronel Aureliano Buendía' (16), revive troubled memories of the past. Inner voices return with insistence, their message confused and ambiguous, yet never failing to arouse feelings of pessimism and foreboding.

Unrelieved solitude drives the characters of *El coronel no tiene quien le escriba* into a subconscious world of private fears and fantasies. The strong influence of the Roman Catholic Church and inherited beliefs results, logically enough, in a wide range of liturgical practices and religious taboos. The faithful draw strength from the sacraments, from daily prayer and the ritual of rosary and angelus. Yet here, too, an obsession with guilt and the world's evils outweighs any sense of spiritual consolation. Pernicious superstitions tend to become entangled with orthodox teachings. The theological definitions of sin, sacrilege and repentance are obscured by a pathological fear of *la mala hora* and *fantasmas inexplicables*. The colonel's wife is obsessed with sin. She believes: 'Que es pecado negociar con las cosas sagradas' (49), after asking the priest about pawning their wedding rings. The God she believes in is one of stern commandments and harsh justice and her simple faith is in conformity with her practical attitude to life. Yet as he watches his wife move about the house the colonel is reminded of the melodramatic gestures of a medium: 'El coronel descubrió algo de irreal en su actitud, como si estuviera convocando para consultarlos a los espíritus de la casa' (21).

Alongside the religious symbols of the parables and gospels we find popular talismanic images, such as the *elefante dorado* and speculations about the magical properties of the *paraguas* and *telaraña*.

The most insistent vision of all, however, is that of death. Here one is forcefully reminded of the early civilizations of the New World and their preoccupation with death and life beyond the grave. The widespread degeneracy and decadence in *El coronel no tiene quien le escriba* convinces its inhabitants that physical and emotional decomposition is already well under way: 'Nos estamos pudriendo vivos,' the colonel's wife tersely remarks as she firmly closes her eyes, 'para pensar más intensamente' (6) about the dead Agustín. Commonplace objects everywhere assume the shape and colour of death. Its odour assails the town's inhabitants without any warning or apparent explanation. Incipient death is written on the face of each and every member of this doomed community and the wailing mourners grouped round the dead musician's coffin contemplate 'el cadáver con la misma expresión con que se mira la corriente de un río' (8). The irresistible current of that imaginary river is the one moving force in this stagnant town.

Death is the culmination of the many small deaths these characters have already suffered in the form of failure, sickness and bereavement and the image conveyed is of one final absurdity which obliterates a lifetime of empty actions.

THE SILENT SYMBOLS

There are two dominant characters/symbols in *El coronel no tiene quien le escriba* — namely, the dead Agustín and the fighting cock. Neither, obviously, can speak but their presence is haunting.

When the novel opens the colonel is already resigned to the loss of his son, but his distribution of subversive literature and preparation of the cock for the forthcoming contest are both tributes to the memory of his son. Random references to Agustín throughout the narrative suggest that he was a lively young man, a hardworking tailor and a liberal idealist like his father, popular with everyone in the town, and a good and generous son who provided for his parent's modest needs. We learn that when he was arrested and brutally killed, his mother did not shed a single tear, so great was her shock and grief, and at no stage in the novel does the colonel permit himself to brood upon the details of Agustín's untimely death. The deep feelings he has learned to suppress momentarily surface in the tense encounter with his son's assassin. But curiosity and revulsion outweigh any hatred or bitterness as he reflects upon the absurdity of violence as man eliminates man:

> El coronel sintió a sus espaldos el crujido seco, articulado y frío de un fusil al ser montado. Comprendió que había caído fatalmente en una batida de la policía con la hoja clandestina en el bolsillo.
>
> Dio media vuelta sin levantar las manos. Y entonces vio de cerca, por la primera vez en su vida, al hombre que disparó contra su hijo. Estaba exactamente frente a él con el cañón del fusil apuntando contra su vientre. Era pequeño, aindiado, de piel curtida, y exhalaba un tufo infantil. El coronel apretó los

dientes y apartó suavemente con la punta de los dedos el cañón
del fusil.

—Permiso — dijo.

Se enfrentó a unos pequeños y redondos ojos de murciélago.
En un instante se sintió tragado por esos ojos, triturado,
digerido e inmediatamente expulsado.

—Pase usted, coronel. (61)

This dramatic episode finds the colonel at his most vulnerable
and most magnificent as he fights back fear with grim determination.
The repulsive little *mestizo* before him is the epitome of a humanity
debased by politics and warfare. Mankind has become monstrous in
its destruction of everything worthwhile. There is even a hint of
compassion as the colonel tries to stem the feeling of repugnance
provoked by this uncomfortable confrontation for, in a sense, they
are both victims of their country's sad history. This broader concept
of the tragic forces to which both friend and foe are exposed in this
backwater is reinforced as the colonel watches the fanaticism that
grips Agustín's friends as they plot and gamble or speculate about
the fortunes they hope to win by placing their bets on Agustín's
cock. Listening to their conversations, he is painfully reminded of
Agustín's own enthusiasm and hopes that came to nothing but
grief.

The colonel's wife, naturally enough, is much less philosophical
and resigned about her son's death. She sees the loss of Agustín as a
punishment decreed by God. As the novel proceeds, it becomes ever
more apparent that Agustín's death has left a residue not only of
suffering but also of doubt. Martyrdom or folly? The question
remains unanswered. His death has solved nothing for his mourning
parents while aggravating their situation. Throughout the novel we
find his mother brooding and resentful of the cock which she
unreasonably associates with Agustín's downfall and their subsequent
misfortunes. She sees the endless sacrifices in order to feed the bird
its daily ration of grain as an affront to her own dignity, as if she
were being displaced in the colonel's affections by a mere bird.
'Toda una vida comiendo tierra para que ahora resulte que merezco
menos consideración que un gallo' (70). She complains to her
husband in the firm belief that nothing will be gained by keeping the
cock alive. She cannot wait to see the departure of this 'pájaro de
mal agüero' (62) and in her anguished mind it is synonymous with
the distorted values of this backward society.

In the eyes of the colonel and his friends, however, the cock is a symbol of optimism and the will to fight on against heavy odds. Like the much awaited letter, the bird is surrounded by speculation and uncertainty, but it warrants every sacrifice until put to the test. For someone like Don Sabas who assesses the value of everyone and everything in terms of their commercial value, the cock is unremarkable and he chides the colonel for his excessive devotion to the bird's welfare: 'El mundo cayéndose y mi compadre pendiente de un gallo' (54). The colonel's wife finds it positively nasty: 'tan feo . . . un fenómeno . . . la cabeza muy chiquita para las patas' (12), but the colonel stubbornly ignores these negative reactions. For him, the cock is of inestimable value and he vigorously extols its supremacy: 'Es un gallo contante y sonante' (47). He is secretly encouraged by the interest it arouses in the neighbourhood and the optimistic forecasts of victory made by Agustín's friends. And the colonel only needs to hold his prize possession in his arms and feel its 'caliente y profunda palpitación' (65–6) in order to convince himself that his faith will soon be vindicated.

The cock's presence throughout the novel highlights the paradoxical situation in which the colonel finds himself. If he should part with the bird he would be betraying the dead Agustín and his future hopes of eliminating all his debts, yet should he go on refusing to sell it for some ready cash the chances are that the cock will lose the contest and that he and his wife will die from starvation. Hence his determination to think of the cock as if it were some magical creature, linking him with the dead Agustín and about to work the long-awaited miracle that will reverse his situation. In the colonel's tired eyes, the bird preserves an air of sovereignty amidst its abject surroundings like some eternal and indestructible species untouched by the arguments and quarrels its existence provokes in that troubled household. In some mysterious way, the bird has metamorphosed from being Agustín's prized possession into a symbol of collective hope. Its victory (should it ever come off) will mean financial security for the old couple and, more important still, repay the colonel's steadfast faith in his 'gallo . . . casi humano' (37). The adjective García Márquez uses here is deliberately vague but it serves to conjure up a higher plane of reality where the colonel's persistent optimism will reflect wisdom rather than foolhardiness.

PATHS OF SURVIVAL

When the colonel quips in one of his brighter moments that life is the best thing ever to have been *invented*, he touches upon a fundamental aspect of García Márquez's writing. In bringing his characters to life, the author shows them forging their own salvation and rising above their miseries with an indomitable sense of humour and spirit of adventure. Like the heroes of Spain's medieval novels of chivalry who captured his imagination as a child, García Márquez's own characters indulge in moments of folly and extravagance. The author reminds us that 'El pueblo español ha sido el más loco del mundo',[16] and he attempts to restore something of the magic and suspense of those quixotic adventures of another age by transforming bleak reality into a place of unsuspected wonders.

The entire pace of *El coronel no tiene quien le escriba* is controlled by the central idea of *espera* conveying a sense of static time. But when the characters momentarily retreat into their dreams and illusions, the pace quickens and perceptions are heightened. Images and signs stirring feelings of alarm and bewilderment abound. Novel images — a moth-eaten umbrella, a pair of old shoes, a swarm of triangular flies, pigs fattened on roses, soothsayers, acrobats, and a circus without any animals — strike a subtle balance between the possible and the absurd.

Like most of the author's incorrigible dreamers, the colonel ponders over these apparitions with childlike curiosity, eager to pursue their meaning and discover the secret territories to which they point. Constantly being rebuked by his wife, the doctor, Don Sabas and the lawyer for his naive optimism, the old man patiently replies to their cold appraisal of unsurmountable problems and obstacles with homely proverbs such as 'El que espera lo mucho espera lo poco' (32), but these are stated with such firmness that it becomes clear that the colonel is desperately trying to reassure himself rather than persuade the listener. The arguments he offers in an attempt to calm his wife's anxieties and silence her recriminations are invariably weak and unconvincing. And his bold statement '. . . si nos fuéramos a morir de hambre ya nos hubiéramos muerto' (37) is something of a non-sequitur.

The pessimism of those around him as they reflect upon the

---

[16] Fernández-Braso, 83.

nation's plight, the absence of democracy and the interminable feuds and injustices, makes the colonel's task all the more difficult as he struggles to keep up his spirits and cling to his convictions. He is not blind to the seriousness of their situation, but he knows that if he tries to face up to reality he might well lose his nerve and go under. So better to laugh in the face of misfortunes he cannot put right. His ability to expose the incongruous nature of society in this primitive setting and the extraordinary foibles of its inhabitants offers some respite from gloom. His inner world of secret hopes and illusions also contributes to his survival, for as he reminds his nagging wife, 'La ilusión no se come . . . pero alimenta' (47). And, beyond and above both these more obvious forms of catharsis, there is a spiritual plane as intangible and mysterious as faith itself. Pushed to the limits of his patience by his wife's taunts accusing him of failure and total isolation, the colonel's reply sounds altogether too evasive and enigmatic: ' — No estoy solo . . . Trató de explicar algo pero lo venció el sueño' (71), but the validity of his message is clarified elsewhere in the novel when he confides to his wife: 'Siempre te he dicho que Dios es mi copartidario' (51). In truth, the colonel's private assessment of the world and its ways could scarcely be more astute. His fellow creatures are no better or worse than he expects them to be in this imperfect world, and man turns to Divine Providence or some comparable force when everything else has failed. The colonel is old and wise enough to appraise his own misfortunes with an intuition and faith that make little sense or impact in a world governed by material standards. The *miraculous* and *transcendental* are frequently evoked in the novel. The fighting cock as the old man's most prized possession is metamorphosed by these supernatural qualities, and the colonel himself copes with the most mundane chore 'como si fuera un acto trascendental' (6). For while he may not share his wife's scruples about religious practices and the strict observance of God's commandments, the colonel respects the voice of conscience and adheres to his own firm code of moral integrity.

A state of innocence and truth protect the colonel's inner life from the contaminating evils around him. And so long as there are still human beings like him who can still derive pleasure from a sudden outburst of song or an irresistible desire to plant roses there is still hope for the world. A capacity for love and sacrifice are the safeguards of man's happiness and, armed with these qualities, he can spiritually survive.

The colonel's moral triumph in a society obsessed with power and wealth is both secure and edifying. Judged in purely human terms, his existence is a humiliating failure, but seen in a spiritual context his life requires no justification and his critics are confounded.

LITERARY TECHNIQUE

> Escribir es tarea dura.
> (Gabriel García Márquez)

Examined in detail, the prose of *El coronel no tiene quien le escriba* reveals a remarkable control over every aspect of style and technique. The work was revised nine times before being submitted for publication and the final result is a novel of admirable clarity and precision. The structure of the novel is most effective. The seven chapters of equal length constitute complete sequences in their own right. At the same time, all seven chapters are interlocked by a pattern of recurring themes: the letter, the cock, the dead Agustín, the lost years — alternating expectation with uncertainty and suspense with pathos.

Characters and situations are firmly delineated from the outset. The first two chapters end on a note of compromise and resignation but the narrative begins to expand with the first real climax in chapter three when the colonel decides to change his lawyer once more in a final effort to gain justice and establish his rights. From this point onwards there is a marked acceleration of pace. The anguished dialogue between the colonel and his wife in chapter four reveals the true urgency of their situation as they review all the strategies they have tried unsuccessfully in their fight against poverty. The pressures mount in chapters five and six, bringing the colonel to the brink of surrender as he decides first to entrust the cock to Agustín's friends, then to sell it to Don Sabas. The opening of the final chapter finds the colonel virtually at the end of his resources. Isolated and humiliated, his thoughts are clouded by fever and hallucinations. A second major confrontation with his wife provokes the same recriminations voiced in chapter four with even greater vehemence, this time culminating in physical and verbal aggression as the old couple lose their self-control. The procrastinations and half-hearted gestures are finally over and the colonel opts for the riskiest solution of all by deciding to keep the cock, however grave the consequences.

Circular patterns of time and experience within the main structure recapitulate a lifetime of inconclusive actions. But these enhance rather than impede the spiritual transformation that brings the colonel to his final *determinación*.

Intent upon the utmost concentration, the author can sum up decades of conflict and bloodshed in one brief line of dialogue spoken by the colonel:

> Este entierro es un acontecimiento . . . Es el primer muerto de muerte natural que tenemos en muchos años (7)

A page by page analysis of the text confirms García Márquez's vigilant pursuit of the right adjective or adverb. Characters and situations are captured in all their essentials with a few deft strokes and the colonel's tale progresses unimpeded to its final climax with a strict pattern of description and reflection. There is a deliberate interplay between the concepts of hope and despair and the insistent repetition of words such as *ansiedad, desilusión* and *nada* create a special atmosphere of tension.

The technique of contrast is fully exploited throughout the novel. The most striking example is the comparison made between the character of the colonel and his *compadre* Don Sabas. In physical and spiritual terms they are poles apart. The colonel, sparse and hungry, yet humorous and resigned. Don Sabas, flabby and rich, yet mean and frustrated. The colonel is seen to be a creature of imagination as he watches the incessant rain: 'La lluvia es distinta desde esta ventana . . . Es como si estuviera lloviendo en otro pueblo' (42), while Don Sabas remains the grim realist in his rejoinder: 'La lluvia es la lluvia desde cualquier parte . . .' (42). This basic technique of contrast is even extended to conflicting traits within a single character — most notably of all, the colonel himself, whose childlike candour and optimism is matched by nagging doubts and a stubborn determination to soldier on.

Individual paragraphs and sentences throughout the novel betray a preoccupation with balanced structures and symmetrical detail. There are numerous examples of binary arrangements of nouns and adjectives designed to create a special emphasis, while subtle juxtapositions of images provoke unexpected associations:

> en el mar hay *barcos anclados* en permanente contacto con los
> *aviones nocturnos* (25)

> el animal había adquirido *una figura escueta, un aire indefenso*
> (62)

The author also makes frequent use of ternary arrangements of
nouns, adjectives and verbs in order to intensify his trenchant descriptions of individual personalities:

> [El coronel] Se sintió *puro, explícito, invencible* . . . (73)

> Eres *caprichoso, terco* y *desconsiderado*, repitió ella. (70)

Sometimes they are exploited in order to dramatize a given episode
or situation:

> El coronel observó la confusión de rostros *cálidos, ansiosos,*
> terriblemente *vivos.* (65)

— or to create a note of crisis and suspense:

> En un instante [el coronel] se sintió tragado por esos ojos,
> *triturado, digerido* e inmediatamente *expulsado.* (61)

— and they are particularly effective when used to convey a sense
of prodigy and excess:

> su asombrosa habilidad para *componer, zurcir* y *remendar*
> (23)

> gritos de *alabanzas,* de *gratitud* y *despedida* (10)

> . . . amontonados en desorden, *sacos de sal, pellejos de miel* y
> *sillas de montar* (42)

Concepts of time and space are of special importance in the novel.
Certain dates are firmly imprinted in the minds of the colonel and
his wife, for example, the dates of campaigns and treaties, the
exodus from Macondo and the date of their son's birth and death,
but for the most part they tend to think vaguely in decades as
they weigh up their misfortunes: 'diez años de historia' (66),
'veinte años de recuerdos' (30), 'cuarenta años de amargura' (70).

The fact that human beings are endowed with a physical and
spiritual existence creates two distinct levels of perception. Trapped
in a town cut off from the outside world, the colonel's constant
comings and goings from pawnbroker to tailor and from the mail-
boat to the lawyer's office follow a predictable pattern that take him

nowhere in effect. The old man's repetitive routine week after week mirrors the cyclical concept of time in the novel. Recurring Fridays and Octobers find the old man treading the same futile path of hope followed by yet another disappointment. The colonel's hours, days, weeks and months are measured out into units of fruitless effort.

Everyone and everything in the life of this town revolves incessantly around the static focal point of *espera* — a word repeated on virtually every page of the novel. The idea of cyclical time is reinforced by repetitive actions such as the constant circulation of subversive propaganda, as in the picture of the colonel's wife attempting 'otra vez el eterno milagro de sacar prendas nuevas de la nada' (20).

Critics have stressed the strong visual quality of García Márquez's writing while drawing attention to his lifelong interest in the special effects achieved by cinematographic techniques. Expressive visual outlines and emphasis upon facial detail are transposed into his writing with striking effect. Physical portraits of the novel's characters instantly betray their essential role in life. Don Sabas is the perfect image of self-indulgence and misery: 'Un hombre pequeño, voluminoso pero de carnes fláccidas, con una tristeza de sapo en los ojos' (42) — while the description of the colonel's gait evokes the solitude and pathos of a man who has lost his way in life: 'El coronel con su manera de andar habitual que parecía la de un hombre que desanda el camino para buscar una moneda perdida' (15).

The author's descriptions of key locations show the same skilful selection of suggestive detail. The black lawyer's improvised office with its confusion of documents and papers projects the bureaucratic chaos of the nation at large. By comparison, the incongruous hoard of ill-gotten possessions in Don Sabas' office conveys an impression of accumulated guilt and confusion. The bewildering contents of his cupboards with their 'interior confuso' (42) reflect the frustrated soul of Don Sabas himself, and contemplating this bizarre collection of material wealth, the colonel feels no envy but is simply reminded of 'los destrozos de una catástrofe' (42).

A number of sharply focused scenes in the novel bear out the author's familiarity with camera techniques of close-up, speed-up and fade-out. García Márquez has expressed his enthusiasm for what he terms 'la creación multitudinaria del cine'.[17] Two telling examples

[17] Fernández-Braso, 36.

of this particular influence over the author's approach to description are found in the following passages with their ingenious juxtaposition of multiple images. The first of these builds up a hypnotic picture of solitude and immobility:

> El coronel permaneció inmóvil en el centro de la oficina hasta cuando acabó de oír las pisadas de los dos hombres en el extremo del corredor. Después salió a caminar por el pueblo paralizado en la siesta dominical. No había nadie en la sastrería. El consultorio del médico estaba cerrado. Nadie vigilaba la mercancía expuesta en los almacenes de los sirios. El río era una lámina de acero.
> Un hombre dormía en el puerto sobre cuatro tambores de petróleo, el rostro protegido del sol por un sombrero. El coronel se dirigió a su casa con la certidumbre de ser la única cosa móvil en el pueblo. (54)

— and in the encounter between the colonel, Don Sabas and the latter's wife, he creates a veritable *mise en scène* with a subtle contrast of gesture and mood:

> Don Sabas no soportó más. Levantó el rostro congestionado.
> —Cierra la boca un minuto —ordenó a su mujer.
> Ella se llevó efectivamente las manos a la boca —.
> Tienes media hora de estar molestando a mi compadre con tus tonterías.
> —De ninguna manera —protestó el coronel.
> La mujer dio un portazo. Don Sabas se secó el cuello con un pañuelo impregnado de lavanda. El coronel se acercó a la ventana. Llovía implacablemente. Una gallina de largas patas amarillas atravesaba la plaza desierta. (44—5)

In *El coronel no tiene quien le escriba*, García Márquez scarcely touches upon landscape. By contrast, he gives enormous importance to atmosphere. The author's descriptions incorporate a wide range of sensuous impressions. Generally these contribute to the overall picture of degeneracy and contamination. Fierce heat and shimmering light distort and deform the appearances of humans and objects, unpleasant noises are to be heard everywhere from strident *gritos, aullidos* and *ruidos metálicos* to insistent dronings and mutterings — *zumbidos, voces bordoneantes* and *minuciosos cuchicheos*. The October air is unmistakable with its *naúseas* and *sombríos olores*, its stench and viscous density affecting the characters' breathing and taste so that even a cup of coffee leaves their saliva 'impregnada de una dulzura triste' (43). The author's spectrum of colours is equally sombre: Don Sabas' 'sortija de piedra negra sobre el anillo de matrimonio' (43) might well be equated with his black soul; yellow is the colour of disease and decay and much significance is attached to the colour of people's eyes, denoting trust and understanding or fear and treachery.

The author's frequent recourse to personification enables him to stress the overwhelming forces of nature in this tropical region. The violence and havoc caused by the extreme heat and dampness during the critical weeks of October are associated in the colonel's mind with the calamitous vicissitudes of warfare itself.

His range of imagery is narrow yet altogether individual. The author describes the sudden arrival in the town of a circus without any animals, but he compensates for this disappointment with his own intriguing bestiary. The fighting cock is in a class of its own as the colonel's most cherished possession. But fleeting references to an ox, parrot, hen and drake (some metaphorical and others real entities) also strike a note of harmony between the human and animal world. Negative and sinister, on the other hand, are the associations evoked by *sapo* (greed); *murciélago* (treachery); and *culebra* (witchcraft), while effigies such as the *pajarito de color* and *gato de yeso* suggest a keen interest in omens and symbols of good fortune among the town's inhabitants.

Every image in the novel stirs a memory or premonition – even a miserable, moth-eaten umbrella: 'Ahora Agustín estaba muerto y el forro de raso brilliante había sido destruido por las polillas' (6). For García Márquez 'toda buena novela es una adivinanza del mundo'[18] intent upon probing the enigmatic forces of life. The characters' thoughts in the novel are frequently described as being *impenetrable . . . insondable . . . inasible . . .* and *hermético.* The reiteration of verbs like: *traducir, descifrar, identificar* and *intuir* underlines the pervading note of bewilderment and frenzied speculation and this is further emphasised by a constant mutation of mental states ranging from *distraído* and *ausente* to *concentrado* and *absorto;* from *exaltado* to *alucinado.*

Torn between the flesh and the spirit, the one great certainty for both rich and poor and for both young and old is death. Influenced

[18] Fernández-Braso, 90.

by Roman Catholic doctrine on this inevitable reality, the town's inhabitants faithfully observe the Church's liturgy for the dead, offering up masses for the repose of their souls, showing their respect by observing mourning for twelve calendar months after the burial ceremony, and praying constantly for their release of their souls from purgatory. The characters we meet in the novel are familiar with death after long years of warfare and personal feuds. There is not a single character of importance in the novel who does not touch on the subject of death. The front page of their daily newspaper is covered with obituary notices — some are haunted by the spirits of the dead from beyond the grave, others claim to have seen ghostly apparitions and received messages from deceased acquaintances, while others again, like the colonel's wife, see death as the final punishment for the world's sins.

An obsessive preoccupation with human decline and mortality is linked with all the other anxieties suffered by these characters — their subconscious is plagued by nightmares, pathological fears and persistent feelings of guilt and remorse. García Márquez probes this inner world of doubt and anguish where man discovers the best and worst of himself. To quote the author's own words: 'Lo importante es la zozobra interior, la sana insatisfacción que nos lleva al borde más difícil y auténtico de la vida.'[19]

The battle against physical and emotional decay is captured in verbs like: *pudrirse, oxidar, disolverse,* and *caerse a pedazos.* Human vulnerability as nature wages its own war on humanity with unbearable extremes of climate is summed up in past participles expressing physical defeat: *estirado, molido, estragado,* while numerous adjectives such as *duro, lúcido, tieso* and *dinámico* reinforce the idea of human resilience in the face of endless misfortunes.

One of the tests of any great novelist is his ability to exploit dialogue to full effect, and here García Márquez has much to offer. The early influence of Kafka and Faulkner resulted in a prose of self-conscious sophistication and those literary mannerisms that seem to dog every young writer. But timely advice from Ramón Vinyes, a Catalan bookseller settled in Barranquilla set him on a new course. Vinyes advised the aspiring author to abandon all artifice in pursuit of a clear, natural, unforced prose style: 'Intenta escribir

[19] Fernández-Braso, 35.

como hablas. Si hablando te entendemos, lo mismo hemos de entenderte escribiendo.'[20]

The fruit of a lengthy and painstaking process, this natural quality in García Márquez's writing is nowhere more apparent than in the crisp dialogues and repartee of *El coronel no tiene quien le escriba*. Humour and irony weave in and out of the exchanges between the colonel and his wife, yet these are invariably tinged with a note of sadness.

While often vague and uncertain in their private thoughts and reminiscences, the characters are immediately jolted back into the real world the moment they speak. The colonel's wife is the most obvious example of this existence on two different planes. Chronic asthma and her deep sense of bereavement frequently transport her into a nebulous world, yet in moments of recovery she displays considerable mental agility. She counters the colonel's optimism with cold facts:

> Hay que esperar el turno —dijo [el coronel]. Nuestro número es el mil ochocientos veintitrés.
> —Desde que estamos esperando, ese número ha salido dos veces en la lotería —replicó la mujer. (26)

— and cynically dismisses his procrastination in finding a solution to their problems:

> —y ahora qué haces —preguntó ella.
> —Estoy pensando —dijo el coronel.
> —Entonces está resuelto el problema. Ya se podrá contar con esa plata dentro de cincuenta años. (55)

The speech of these characters is wholly consistent with their temperament and background. The proverbs and popular sayings that colour their sentiments about human destiny, constitute a simple philosophy to guide them through a complicated life. But the words often ring hollow as the gap widens between extravagant ideals and a squalid reality. The colonel tends to meditate with less ease and concentration than his wife, yet his ironic reflections, however slow or deliberate, produce some thought-provoking reversals:

[20] Fernández-Braso, 42.

> —Que te pasa —preguntó [la mujer].
> —Estoy pensando en el empleado de quien depende la pensión —mintió el coronel—. Dentro de cincuenta años nosotros estaremos tranquilos bajo tierra mientras ese pobre hombre agonizará todos los viernes esperando su jubilación. (46)

Tension is sustained throughout the dialogues in the novel by means of sharp antithetical statements:

> —Es distinto —dijo el coronel.
> —Es lo mismo —replico la mujer— (70)

> Pero se está muriendo de diabetes —dijo el coronel.
> —Y tu te estás muriendo de hambre —dijo la mujer. (50)

— and even more frequently by obsessive reiterations:

> —Los turcos no entienden de esas cosas —dijo la mujer.
> —Tienen que entender.
> —Y si no entienden.
> —Pues entonces que no entiendan. (68)

Battling with the hazards of human existence, the novel's characters practise self-restraint with some difficulty. Sporadic moments in the novel bring them close to rebellion or confessions of defeat. The mounting tension finally explodes in a dramatic confrontation between the old couple, closing the novel on a note of crescendo. The colonel gives vent to his frustrations without attempting to answer his wife's anguished questions or resolve anything. We leave the town and its inhabitants exactly as we found them — still waiting for the miracle that will transform their lives.

A WRITER'S COMMITMENT

Most of the Latin American writers and poets who have achieved fame abroad in recent years have been either coerced or at least encouraged to express their views on contemporary political and social issues in their respective countries. García Márquez is no exception. And while he may be a master of ambiguity in his fictional writing his declarations about a writer's commitment to the problems affecting his country are wholly unequivocal. In an interview with the critic Luis Harss sometime in the mid-sixties García Márquez confided: 'Tengo ideas políticas firmes, pero mis ideas literarias cambian con mi digestión.'[21] Several years later, in a series of interviews with the Spanish critic and journalist Miguel Fernández-Braso, he further clarified his political sympathies while emphasising his major priorities as a writer. A carefully worded statement draws a perceptive distinction between the creative artist and the propagandist:

> Yo pienso que nuestra contribución para que América Latina tenga una vida mejor no será más eficaz escribiendo novelas bien intencionadas que nadie lee, sino escribiendo buenas novelas. A los amigos que se sientan obligados de buena fe a señalarnos normas para escribir, quisiera hacerles ver que esas normas limitan la libertad de creación y que todo lo que limita la libertad de creación es reaccionario. Quisiera recordarles, en fin, que una hermosa novela de amor no traiciona a nadie ni retrasa la marcha del mundo, porque toda obra de arte contribuye al progreso de Humanidad, y la Humanidad actual no puede progresar sino en un solo sentido. En síntesis creo que el deber revolucionario del escritor es escribir bien. Ese es mi compromiso. ¿Cuál sería la novela ideal? Una novela absolutamente libre, que no sólo inquiete por su contenido político y social, sino por su poder de penetración en la realidad: y mejor aún si es capaz de voltear la realidad al revés para mostrar como es del otro lado.[22]

This *other side* to which he alludes plunges the reader into a world of magic realism that enriches and illuminates every facet of the author's bleak tale about humble folk in a cultural desert. Transcending the grey surface of their existence, the author uncovers layers of unsuspected wonders. The author believes that the entire history of Latin American civilization shows how life in the New World can be stranger than fiction:

> Lo único que sé sin ninguna duda es que la realidad no termina en el precio de los tomates. La vida cotidiana, especialmente en América Latina, se encarga de demostrarlo. El norteamericano F. W. Up de Graff, que hizo un fabuloso viaje por el mundo amazónico en 1894, vio entre muchas otras cosas, un arroyo de agua hirviendo, un lugar hasta donde la voz humana provocaba aguaceros torrenciales, una anaconda de 20 metros

[21] Harss, 390.
[22] Fernández-Braso, 59.

> completamente cubierta de mariposas. Antonio Pigafetta, que acompañó a Magallanes en la primera vuelta al mundo, vio plantas y animales y huellas de seres humanos inconcebibles, de los cuales no se ha vuelto a tener noticia. En Comodoro Rivadavia, que es un lugar desolado al sur de la Argentina, el viento polar se llevó un circo entero por los aires y al día siguiente las redes de los pescadores no sacaron peces del mar, sino cadáveres de leones, jirafas y elefantes.[23]

No less astonishing are certain events in Colombia's recent history where human cruelty has shown itself to be even more savage than the most violent manifestations of nature:

> Lo que pasa es que en América Latina, por decreto se olvida un acontecimiento como tres mil muertos . . . Esto que parece fantástico, está extraído de la más miserable realidad cotidiana.[24]

For García Márquez there exists no real conflict between art and commitment so long as a writer draws inspiration from the reality he knows and understands. Every novel he has written to date falls into this category. But a deep concern with humanitarian principles is never allowed to obscure his main objective as a writer intent upon perfection of technique. He sees literature as a self-imposed discipline involving the writer in a constant struggle with words on the blank sheet. In satirizing the serious defects of the society around him, García Márquez breaks away from any Manichean tendency to judge people and issues in terms of black or white. Humour should not be mistaken here for levity nor flights of extravagant imagination for escapism. For no matter how ridiculous or extreme human behaviour may become in this primitive environment there is always a strong undercurrent of compassion on the part of the author.

What he writes and how he writes stems from an inner compulsion to unburden his soul, as García Márquez himself explains:

> Se escribe por la imperiosa necesidad de descargar el agobio de la conciencia. Pero siempre ronda en el subconsciente − aunque no se manifieste de manera clara − la idea de mostrar lo que

[23] Armando Durán, 'Conversaciones con Gabriel García Márquez' in *Revista Nacional de Cultura*, 185, Caracas, Venezuela, July−August−September 1968, 29−31.

[24] Fernández-Braso (revised edition), 101.

pensamos de los demás y de nosotros mismos. La vida viene a ser un continuo sopesar ideológico, un intercambio de sugerencias, también un desafío de sentimientos.[25]

These personal traumas are in no sense divorced from those of people and situations around him. He is keenly aware of the writer's power to influence and change social evils, but makes no apology for a salient note of mordant humour and an odd moment of whimsy.

Elements of humour and fantasy, adventure and extravagance in this novel are not intended to shut out unpleasant truths but rather are they the hallmarks of a writer who is determined to make his vision of humanity more complete by exploiting other facets and dimensions of reality.

García Márquez rightly believes that the good novelist will convince even the censors, not by persuading them that they are wrong but by offering them a novel that is aesthetically irresistible. Besides, the ultimate message of *El coronel no tiene quien le escriba* is not political but moral. When the colonel stubbornly protests that 'Nunca es demasiado tarde para nada' (45) he is not only reaffirming his confidence in life and defending his integrity but he is also stating the need to make the best of a disappointing and imperfect world.

---

[25] Fernández-Braso, 99.

CHRONOLOGY

1928 Gabriel José García Márquez is born on 6 March in Aracata, a small town near the Atlantic coast of Colombia.

1928–36 Brought up by his maternal grandparents in a house not far from a banana plantation called Macondo.

1936–46 The family moves further inland to the town of Sucre. García Márquez studies briefly in Barranquilla before going on to complete his *bachillerato* at the Colegio Nacional in Zipaquirá, near Bogotá.

1947 He enters the National University of Colombia in Bogotá to study law.

1947–52 Publishes some ten stories of minor importance in the Bogotá newspaper, *El Espectador*.

1948 He moves with his parents to the coastal city of Cartagena. Resuming his law studies, he also initiates a career in journalism with regular contributions to the recently established newspaper, *El Universal*.

1950 Takes up residence in Barranquilla. He joins the staff of *El Heraldo*. Also begins work on his first novel, *La hojarasca*. The manuscript is rejected by the editors of Losada.

1954 García Márquez returns to Bogotá where he is engaged by *El Espectador* as reporter and film critic.

1955 His short story 'Un día después del sábado' wins a prize in a competition sponsored by the Association of Artists and Writers in Bogotá. Another short story 'Monólogo de Isabel viendo llover en Macondo' is published in the literary review *Mito*, as well as his first novel *La hojarasca*. He travels to Europe for the first time as European correspondent for *El Espectador*. In Italy, he attends courses at the Centre for Experimental Cinematography. At the end of the year, he takes up residence in Paris. When *El Espectador* is closed down by General Rojas Pinilla's government the author finds himself unemployed. He begins writing *La mala hora* in a Parisian garret.

1956 While writing *La mala hora*, García Márquez develops the nucleus of another novel – *El coronel no tiene quien le escriba*.

1957 Travels extensively through Europe. In late December the author travels to Caracas in order to join the editorial staff of the newspaper *Momento*.

1958 García Márquez marries Mercedes Barcha in Barranquilla. He publishes *El coronel no tiene quien le escriba* in *Mito*. Resigns from *Momento* and joins the staff of *Venezuela Gráfica* and *Elite*.

1959 Returns to Bogotá where he opens an office for the international press agency *Prensa Latina*. He completely revises the text of *La mala hora*.

1960 Visits Cuba to work for *Prensa Latina*.

1961 Appointed deputy director of *Prensa Latina* in New York. Resigns from his post and takes up residence in Mexico for the next seven years. He finds employment in journalism, public relations, and script-writing for the Mexican film industry.

1962 García Márquez publishes a short story, 'El mar del tiempo perdido' in the *Revista Mexicana de Literatura* and his first collection of short stories entitled *Los funerales de la Mamá Grande*. His novel *La mala hora* is awarded the Esso Literary Prize in Bogotá.

1967 His major novel *Cien años de soledad* is published in Buenos Aires by Editorial Sudamericana. Widely acclaimed by the critics and, within a few months of publication, eighteen contracts for translation rights are signed. The author takes up permanent residence in Barcelona.

1968 He publishes a dialogue with the Peruvian novelist, Mario Vargas Llosa, entitled *La novela en América Latina*, and several more short stories: 'Un señor muy viejo con unas alas enormes', 'El ahogado más hermoso del mundo', 'El último viaje del buque fantasma', and 'Blacamán el buen vendedor de milagros'.

1969 *Cien años de soledad* wins the Chianciano Prize in Italy and is nominated the best foreign work of fiction in France.

1972 García Márquez publishes a second collection of seven short stories, *La increíble y triste historia de la cándida Eréndira y de su abuela desalmada*. The author is awarded the Rómulo Gallegos Prize in Venezuela.

1973 He publishes a selection of his journalistic articles and essays under the general title, *Cuando era feliz e indocumentado*. Travels to France, Spain and Mexico, and visits the University of Oklahoma in June to receive the 1972 Books Abroad Neustadt International Prize for Literature.

1974 Launches a news magazine, *Alternativa*, in Bogotá.

1975 Publishes a new novel, *El otoño del patriarca* and a comprehensive collection of his short stories, *Todos los cuentos*. García Márquez leaves Barcelona in order to take up residence in Mexico and Colombia.

A SELECT BIBLIOGRAPHY

The following critical studies are listed in chronological order of first publication;

Luis Harss, *Los nuestros*, Editorial Sudamericana, Buenos Aires 1966, 'Gabriel García Márquez, o la cuerda floja', 381—419.

Mario Benedetti and others, *Nueve asedios a García Márquez*, Editorial Universitaria S.A., Santiago de Chile, 1969.

Miguel Fernández-Braso, *Gabriel García Márquez (Una conversación infinita)*, Editorial Azur, Madrid, 1969; revised edition titled *La soledad de Gabriel García Márquez*, Editorial Planeta, Barcelona, 1972.

José Miguel Oviedo, *Aproximación a Gabriel García Márquez*, Fundación de Cultura Universitaria, Montevideo, 1969.

Ricardo Gullón, *García Márquez o el olvidado arte de contar*, Taurus Ediciones S.A., Madrid, 1970.

Richard D. Woods, 'Time and Futility in the Novel *El coronel no tiene quien le escriba*', *Kentucky Romance Quarterly*, Lexington, Ky., vol. 17 (1970), 287—95.

Ronald Christ (editor), *Review 70* (Focus on Gabriel García Márquez). Center for Inter-American Relations, New York, 1971.

Pedro Simón Martínez (editor), *Sobre García Márquez*, Biblioteca de Marcha, Montevideo, 1971.

Roger M. Peel, 'The Short Stories of Gabriel García Márquez', *Studies in Short Fiction*, Newberry, S.C., vol. 8 (1971), 159—68.

Mario Vargas Llosa, *García Márquez: Historia de un deicidio*, Barral Editores, Barcelona, 1971. Chapter III: 'El "pueblo": El idealismo optimista' (*El coronel no tiene quien le escriba*), 293—343.

Helmy F. Giacoman, *Homenaje a Gabriel García Márquez (Variaciones interpretativas en torno a su obra)*, Las Américas Publishing Company, New York, 1972.

Frank Dauster, 'The Short Stories of García Márquez', *Books Abroad*, Norman, Okla., vol. 47, number 3 (1973), 479—84.

D. P. Gallagher, *Modern Latin American Literature*, Oxford University Press, London—Oxford—New York, 1973. Chapter 10: 'Gabriel García Márquez', 144—63.

Doris Rolfe, 'El arte de la concentración expresiva en *El coronel no tiene quien le escriba*', Cuadernos Hispano-americanos, Madrid, vols. 277–8 (July–August 1973), 337-50.

Raúl Hector Castagnino, *'Sentido' y estructura narrativa en El coronel no tiene quien le escriba*, Editorial Nova, Buenos Aires, 1975.

George R. McMurray, *Gabriel García Márquez*, Frederick Ungar Publishing Co., New York, 1977, 21–46.

BOOKS DEALING WITH THE RELEVANT HISTORICAL AND POLITICAL BACKGROUND OF COLOMBIA

W. O. Galbraith, *Colombia. A General Survey*, Oxford University Press, for the Royal Institute of International Affairs, London and New York, 1953 (2nd revised edition 1966).

John D. Martz, *Colombia: a Contemporary Political Survey*, University of North Carolina Press, Chapel Hill, N.C., 1962.

Robin A. Humphreys, *The Evolution of Modern Latin America*, Oxford University Press, London, 1964.

EL CORONEL NO TIENE
QUIEN LE ESCRIBA

NOVELA (1958)

El coronel destapó el tarro del café y comprobó que no había más de una cucharadita. Retiró la olla del fogón, vertió la mitad del agua en el piso de tierra, y con un cuchillo raspó el interior del tarro sobre la olla hasta cuando se desprendieron las últimas raspaduras del polvo de café revueltas con óxido de lata.

Mientras esperaba a que hirviera la infusión, sentado junto a la hornilla de barro cocido en una actitud de confiada e inocente expectativa, el coronel experimentó la sensación de que nacían hongos y lirios venenosos en sus tripas. Era octubre. Una mañana difícil de sortear, aun para un hombre como él que había sobrevivido a tantas mañanas como ésa. Durante cincuenta y seis años —desde cuando terminó la última guerra civil— el coronel no había hecho nada distinto de esperar. Octubre era una de las pocas cosas que llegaban.[1]

Su esposa levantó el mosquitero cuando lo vio entrar al dormitorio con el café. Esa noche había sufrido una crisis de asma y ahora atravesaba por un estado de sopor. Pero se incorporó para recibir la taza.

—Y tú —dijo.

—Ya tomé —mintió el coronel—. Todavía quedaba una cucharada grande.

En ese momento empezaron los dobles. El coronel se había olvidado del entierro. Mientras su esposa tomaba el café, descolgó la hamaca en un extremo y la enrolló en el otro, detrás de la puerta. La mujer pensó en el muerto.

[1] Endnote A.

3

—Nació en 1922 —dijo—. Exactamente un mes después de nuestro hijo. El siete de abril.

Siguió sorbiendo el café en las pausas de su respiración pedregosa. Era una mujer construida apenas en cartílagos blancos sobre una espina dorsal arqueada e inflexible. Los trastornos respiratorios la obligaban a preguntar afirmando.[2] Cuando terminó el café todavía estaba pensando en el muerto.

«Debe ser horrible estar enterrado en octubre», dijo. Pero su marido no le puso atención. Abrió la ventana. Octubre se había instalado en el patio. Contemplando la vegetación que reventaba en verdes intensos, las minúsculas tiendas de las lombrices en el barro,[3] el coronel volvió a sentir el mes aciago en los intestinos.

—Tengo los huesos húmedos —dijo.

—Es el invierno —replicó la mujer—. Desde que empezó a llover te estoy diciendo que duermas con las medias puestas.

—Hace una semana que estoy durmiendo con ellas.

Llovía despacio pero sin pausas. El coronel habría preferido envolverse en una manta de lana y meterse otra vez en la hamaca. Pero la insistencia de los bronces rotos le recordó el entierro. «Es octubre», murmuró, y caminó hacia el centro del cuarto. Sólo entonces se acordó del gallo amarrado a la pata de la cama. Era un gallo de pelea.

Después de llevar la taza a la cocina dio cuerda en la sala a un reloj de péndulo montado en un marco de la madera labrada. A diferencia del dormitorio, demasiado estrecho para la respiración de una asmática, la sala era amplia, con cuatro mecedoras de fibra en torno a una

---

[2] *Her difficult breathing obliged her to ask questions as if they were statements.*

[3] *earthen mounds* (lit. *tents*) *made by worms.*

mesita con un tapete y un gato de yeso. En la pared opuesta a la del reloj, el cuadro de una mujer entre tules rodeada de amorines en una barca cargada de rosas.[4]

Eran las siete y veinte cuando acabó de dar cuerda al reloj. Luego llevó el gallo a la cocina, lo amarró a un soporte de la hornilla, cambió el agua al tarro y puso al lado un puñado de maíz. Un grupo de niños penetró por la cerca desportillada. Se sentaron en torno al gallo, a contemplarlo en silencio.

—No miren más a ese animal —dijo el coronel—. Los gallos se gastan de tanto mirarlos.

Los niños no se alteraron. Uno de ellos inició en la armónica los acordes de una canción de moda. «No toques hoy», le dijo el coronel. «Hay muerto en el pueblo.» El niño guardó el instrumento en el bolsillo del pantalón y el coronel fue al cuarto a vestirse para el entierro.

La ropa blanca estaba sin planchar a causa del asma de la mujer. De manera que el coronel tuvo que decidirse por el viejo traje de paño negro que después de su matrimonio sólo usaba en ocasiones especiales. Le costó trabajo encontrarlo en el fondo del baúl, envuelto en periódicos y preservado contra las polillas con bolitas de naftalina. Estirada en la cama la mujer seguía pensando en el muerto.

—Ya debe haberse encontrado con Agustín —dijo—. Pueda ser que no le cuente la situación en que quedamos después de su muerte.

—A esta hora estarán discutiendo de gallos —dijo el coronel.

Encontró en el baúl un paraguas enorme y antiguo. Lo había ganado la mujer en una tómbola política destinada a recolectar fondos para el partido del coronel. Esa misma noche asistieron a un espectáculo al aire libre que no fue

[4] Endnote B.

interrumpido a pesar de la lluvia. El coronel, su esposa y su hijo Agustín —que entonces tenía ocho años— presenciaron el espectáculo hasta el final, sentados bajo el paraguas. Ahora Agustín estaba muerto y el forro de raso brillante había sido destruido por las polillas.

—Mira en lo que ha quedado nuestro paraguas de payaso de circo[5] —dijo el coronel con una antigua frase suya. Abrió sobre su cabeza un misterioso sistema de varillas metálicas—. Ahora sólo sirve para contar las estrellas.

Sonrió. Pero la mujer no se tomó el trabajo de mirar el paraguas. «Todo está así», murmuró. «Nos estamos pudriendo vivos.» Y cerró los ojos para pensar más intensamente en el muerto.

Después de afeitarse al tacto —pues carecía de espejo desde hacía mucho tiempo— el coronel se vistió en silencio. Los pantalones, casi tan ajustados a las piernas como los calzoncillos largos, cerrados en los tobillos con lazos corredizos, se sostenían en la cintura con dos lengüetas del mismo paño que pasaban a través de dos hebillas doradas cosidas a la altura de los riñones. No usaba correa. La camisa color de cartón antiguo, dura como un cartón, se cerraba con un botón de cobre que servía al mismo tiempo para sostener el cuello postizo. Pero el cuello postizo estaba roto, de manera que el coronel renunció a la corbata.

Hacía cada cosa como si fuera un acto trascendental. Los huesos de sus manos estaban forrados por un pellejo lúcido y tenso, manchado de carate como la piel del cuello. Antes de ponerse los botines de charol raspó el barro incrustado en la costura. Su esposa lo vio en ese instante, vestido como el día de su matrimonio. Sólo entonces advirtió cuánto había envejecido su esposo.

---

[5] *Look what's become of our clown's umbrella.*

—Estás como para un acontecimiento[6] —dijo.

—Este entierro es un acontecimiento —dijo el coronel—. Es el primer muerto de muerte natural que tenemos en muchos años.[7]

Escampó después de las nueve. El coronel se disponía a salir cuando su esposa lo agarró por la manga del saco.

—Péinate —dijo.

Él trató de doblegar con un peine de cuerno las cerdas color de acero. Pero fue un esfuerzo inútil.

—Debo parecer un papagayo —dijo.

La mujer lo examinó. Pensó que no. El coronel no parecía un papagayo. Era un hombre árido, de huesos sólidos articulados a tuerca y tornillo.[8] Por la vitalidad de sus ojos no parecía conservado en formol.

«Así estás bien», admitió ella, y agregó cuando su marido abandonaba el cuarto:

—Pregúntale al doctor si en esta casa le echamos agua caliente.[9]

Vivían en el extremo del pueblo, en una casa de techo de palma con paredes de cal desconchadas. La humedad continuaba pero no llovía. El coronel descendió hacia la plaza por un callejón de casas apelotonadas. Al desembocar a la calle central sufrió un estremecimiento. Hasta donde alcanzaba su vista el pueblo estaba tapizado de flores. Sentadas a la puerta de las casas las mujeres de negro esperaban el entierro.

En la plaza comenzó otra vez la llovizna. El propietario del salón de billares vio al coronel desde la puerta de su establecimiento y le gritó con los brazos abiertos:

---

[6] *you look as if you were going somewhere special.*
[7] Endnote C.
[8] *solid bones joined together with nuts and bolts.*
[9] *Ask the doctor what we have done to keep him away* (lit. *if we pour hot water over him in this house*).

—Coronel, espérese y le presto un paraguas.

El coronel respondió sin volver la cabeza.

—Gracias, así voy bien.

Aún no había salido el entierro. Los hombres —vestidos de blanco con corbatas negras— conversaban en la puerta bajo los paraguas. Uno de ellos vio al coronel saltando sobre los charcos de la plaza.

—Métase aquí, compadre —gritó.

Hizo espacio bajo el paraguas.

—Gracias, compadre —dijo el coronel.

Pero no aceptó la invitación. Entró directamente a la casa para dar el pésame a la madre del muerto. Lo primero que percibió fue el olor de muchas flores diferentes. Después empezó el calor. El coronel trató de abrirse camino a través de la multitud bloqueada en la alcoba. Pero alguien le puso una mano en la espalda, lo empujó hacia el fondo del cuarto por una galería de rostros perplejos hasta el lugar donde se encontraban —profundas y dilatadas— las fosas nasales del muerto.

Allí estaba la madre espantando las moscas del ataúd con un abanico de palmas trenzadas. Otras mujeres vestidas de negro contemplaban el cadáver con la misma expresión con que se mira la corriente de un río. De pronto empezó una voz en el fondo del cuarto. El coronel hizo de lado a una mujer, encontró de perfil a la madre del muerto y le puso una mano en el hombro. Apretó los dientes.

—Mi sentido pésame —dijo.

Ella no volvió la cabeza. Abrió la boca y lanzó un aullido. El coronel se sobresaltó. Se sintió empujado contra el cadáver por una masa deforme que estalló en un vibrante alarido. Buscó apoyo con las manos pero no encontró la pared. Había otros cuerpos en su lugar. Alguien dijo junto a su oído, despacio, con una voz muy tierna: «Cuidado, coronel.» Volteó la cabeza y se encontró con el muerto.

Pero no lo reconoció porque era duro y dinámico y parecía tan desconcertado como él, envuelto en trapos blancos y con el cornetín en las manos.[10] Cuando levantó la cabeza para buscar el aire por encima de los gritos vio la caja tapada dando tumbos hacia la puerta por una pendiente de flores que se despedazaban contra las paredes. Sudó. Le dolían las articulaciones. Un momento después supo que estaba en la calle porque la llovizna le maltrató los párpados y alguien lo agarró por el brazo y le dijo:

—Apúrese, compadre, lo estaba esperando.

Era don Sabas, el padrino de su hijo muerto, el único dirigente de su partido que escapó a la persecución política y continuaba viviendo en el pueblo.[11] «Gracias, compadre», dijo el coronel, y caminó en silencio bajo el paraguas. La banda inició la marcha fúnebre. El coronel advirtió la falta de un cobre y por primera vez tuvo la certidumbre de que el muerto estaba muerto.

—El pobre —murmuró.

Don Sabas carraspeó. Sostenía el paraguas con la mano izquierda, el mango casi a la altura de la cabeza pues era más bajo que el coronel. Los hombres empezaron a conversar cuando el cortejo abandonó la plaza. Don Sabas volvió entonces hacia el coronel su rostro desconsolado, y dijo:

—Compadre, qué hay del gallo.[12]

—Ahí está el gallo —respondió el coronel.

En ese instante se oyó un grito:

—¿A dónde van con ese muerto?

El coronel levantó la vista. Vio al alcalde en el balcón

---

[10] Endnote D.
[11] Endnote E.
[12] Note the author's inconsistent use of interrogation marks throughout the text.

del cuartel en una actitud discursiva.[13] Estaba en calzoncillos y franela, hinchada la mejilla sin afeitar. Los músicos suspendieron la marcha fúnebre. Un momento después el coronel reconoció la voz del padre Ángel conversando a gritos con el alcalde. Descifró el diálogo a través de la crepitación de la lluvia sobre los paraguas.

—¿Entonces? —preguntó don Sabas.

—Entonces nada —respondió el coronel—. Que el entierro no puede pasar frente al cuartel de la policía.

—Se me había olvidado —exclamó don Sabas—. Siempre se me olvida que estamos en estado de sitio.

—Pero esto no es una insurrección —dijo el coronel—. Es un pobre músico muerto.

El cortejo cambió de sentido. En los barrios bajos las mujeres lo vieron pasar mordiéndose las uñas en silencio. Pero después salieron al medio de la calle y lanzaron gritos de alabanzas, de gratitud y despedida, como si creyeran que el muerto las escuchaba dentro del ataúd. El coronel se sintió mal en el cementerio. Cuando don Sabas lo empujó hacia la pared para dar paso a los hombres que transportaban al muerto, volvió su cara sonriente hacia él, pero se encontró con un rostro duro.

—Qué le pasa, compadre —preguntó.

El coronel suspiró.

—Es octubre, compadre.

Regresaron por la misma calle. Había escampado. El cielo se hizo profundo, de un azul intenso. «Ya no llueve más», pensó el coronel, y se sintió mejor, pero continuó absorto. Don Sabas lo interrumpió.

—Compadre, hágase ver del médico.

—No estoy enfermo —dijo el coronel—. Lo que pasa es que en octubre siento como si tuviera animales en las tripas.

[13] Endnote F.

«Ah», hizo don Sabas. Y se despidió en la puerta de su casa, un edificio nuevo, de dos pisos, con ventanas de hierro forjado. El coronel se dirigió a la suya desesperado por abandonar el traje de ceremonias. Volvió a salir un momento después a comprar en la tienda de la esquina un tarro de café y media libra de maíz para el gallo.

El coronel se ocupó del gallo a pesar de que el jueves habría preferido permanecer en la hamaca. No escampó en varios días. En el curso de la semana reventó la flora de sus vísceras. Pasó varias noches en vela, atormentado por los silbidos pulmonares de la asmática. Pero octubre concedió una tregua el viernes en la tarde. Los compañeros de Agustín —oficiales de sastrería, como lo fue él, y fanáticos de la gallera— aprovecharon la ocasión para examinar el gallo. Estaba en forma.

El coronel volvió al cuarto cuando quedó solo en la casa con su mujer. Ella había reaccionado.

—Qué dicen —preguntó.

—Entusiasmados —informó el coronel—. Todos están ahorrando para apostarle al gallo.

—No sé qué le han visto a ese gallo tan feo —dijo la mujer—. A mí me parece un fenómeno: tiene la cabeza muy chiquita para la patas.

—Ellos dicen que es el mejor del Departamento —replicó el coronel—. Vale como cincuenta pesos.

Tuvo la certeza de que ese argumento justificaba su determinación de conservar el gallo, herencia del hijo acribillado nueve meses antes en la gallera, por distribuir información clandestina. «Es una ilusión que cuesta caro», dijo la mujer. «Cuando se acabe el maíz tendremos que alimentarlo con nuestros hígados.» El coronel se tomó todo el tiempo para pensar mientras buscaba los pantalones de dril en el ropero.

—Es por pocos meses —dijo—. Ya se sabe con seguridad que hay peleas en enero. Después podemos venderlo a mejor precio.

Los pantalones estaban sin planchar. La mujer los estiró sobre la hornilla con dos planchas de hierro calentadas al carbón.

—Cuál es el apuro de salir a la calle —preguntó.

—El correo.

«Se me había olvidado que hoy es viernes», comentó ella de regreso al cuarto. El coronel estaba vestido pero sin los pantalones. Ella observó sus zapatos.

—Ya esos zapatos están de botar —dijo—. Sigue poniéndote los botines de charol.

El coronel se sintió desolado.

—Parecen zapatos de huérfano —protestó—. Cada vez que me los pongo me siento fugado de un asilo.

—Nosotros somos huérfanos de nuestro hijo —dijo la mujer.

También esta vez lo persuadió. El coronel se dirigió al puerto antes de que pitaran las lanchas. Botines de charol, pantalón blanco sin correa y la camisa sin el cuello postizo, cerrada arriba con el botón de cobre. Observó la maniobra de las lanchas desde el almacén del sirio Moisés. Los viajeros descendieron estragados después de ocho horas sin cambiar de posición. Los mismos de siempre: vendedores ambulantes y la gente del pueblo que había viajado la semana anterior y regresaba a la rutina.

La última fue la lancha del correo. El coronel la vio atracar con una angustiosa desazón. En el techo, amarrado a los tubos del vapor y protegido con tela encerada, descubrió el saco del correo. Quince años de espera habían agudizado su intuición. El gallo había agudizado su ansiedad. Desde el instante en que el administrador de correos subió a la lancha, desató el saco y se lo echó a la espalda, el coronel lo tuvo a la vista.

Lo persiguió por la calle paralela al puerto, un laberinto de almacenes y barracas con mercancías de colores en exhibición. Cada vez que lo hacía, el coronel experimentaba una ansiedad muy distinta pero tan apremiante como el terror. El médico esperaba los periódicos en la oficina de correos.

—Mi esposa le manda preguntar si en la casa le echaron agua caliente, doctor —le dijo el coronel.

Era un médico joven con el cráneo cubierto de rizos charolados. Había algo increíble en la perfección de su sistema dental. Se interesó por la salud de la asmática. El coronel suministró una información detallada sin descuidar los movimientos del administrador que distribuía las cartas en las casillas clasificadas. Su indolente manera de actuar exasperaba al coronel.

El médico recibió la correspondencia con el paquete de los periódicos. Puso a un lado los boletines de propaganda científica. Luego leyó superficialmente las cartas personales. Mientras tanto, el administrador distribuyó el correo entre los destinatarios presentes. El coronel observó la casilla que le correspondía en el alfabeto. Una carta aérea de bordes azules aumentó la tensión de sus nervios.

El médico rompió el sello de los periódicos. Se informó de las noticias destacadas mientras el coronel —fija la vista en su casilla— esperaba que el administrador se detuviera frente a ella. Pero no lo hizo. El médico interrumpió la lectura de los periódicos. Miró al coronel. Después miró al administrador sentado frente a los instrumentos del telégrafo y después otra vez al coronel.

—Nos vamos —dijo.

El administrador no levantó la cabeza.

—Nada para el coronel —dijo.

El coronel se sintió avergonzado.

—No esperaba nada —mintió. Volvió hacia el médico una mirada enteramente infantil—. Yo no tengo quien me escriba.[14]

[14] Endnote G.

Regresaron en silencio. El médico concentrado en los periódicos. El coronel con su manera de andar habitual que parecía la de un hombre que desanda el camino para buscar una moneda perdida. Era una tarde lúcida. Los almendros de la plaza soltaban sus últimas hojas podridas. Empezaba a anochecer cuando llegaron a la puerta del consultorio.

—Qué hay de noticias —preguntó el coronel.

El médico le dio varios periódicos.

—No se sabe —dijo—. Es difícil leer entre líneas lo que permite publicar la censura.[15]

El coronel leyó los titulares destacados. Noticias internacionales. Arriba, a cuatro columnas, una crónica sobre la nacionalización del canal de Suez. La primera página estaba casi completamente ocupada por las invitaciones a un entierro.

—No hay esperanzas de elecciones —dijo el coronel.

—No sea ingenuo, coronel —dijo el médico—. Ya nosotros estamos muy grandes para esperar al Mesías.

El coronel trató de devolverle los periódicos pero el médico se opuso.

—Lléveselos para su casa —dijo—. Los lee esta noche y me los devuelve mañana.

Un poco después de las siete sonaron en la torre las campanadas de la censura cinematográfica.[16] El padre Ángel utilizaba ese medio para divulgar la calificación moral de la película de acuerdo con la lista clasificada que recibía todos los meses por correo. La esposa del coronel contó doce campanadas.

—Mala para todos —dijo—. Hace como un año que las películas son malas para todos.

---

[15] Endnote H.
[16] A bizarre way of enforcing ecclesiastical censorship of films.

Bajó la tolda del mosquitero y murmuró: «El mundo está corrompido.» Pero el coronel no hizo ningún comentario. Antes de acostarse amarró el gallo a la pata de la cama. Cerró la casa y fumigó insecticida en el dormitorio. Luego puso la lámpara en el suelo, colgó la hamaca y se acostó a leer los periódicos.

Los leyó por orden cronológico y desde la primera página hasta la última, incluso los avisos. A las once sonó el clarín del toque de queda. El coronel concluyó la lectura media hora más tarde, abrió la puerta del patio hacia la noche impenetrable, y orinó contra el horcón, acosado por los zancudos. Su esposa estaba despierta cuando él regresó al cuarto.

—No dicen nada de los veteranos —preguntó.

—Nada —dijo el coronel. Apagó la lámpara antes de meterse en la hamaca—. Al principio por lo menos publicaban la lista de los nuevos pensionados. Pero hace como cinco años que no dicen nada.

Llovió después de la medianoche. El coronel concilió el sueño pero despertó un momento después alarmado por sus intestinos. Descubrió una gotera en algún lugar de la casa. Envuelto en una manta de lana hasta la cabeza trató de localizar la gotera en la oscuridad. Un hilo de sudor helado resbaló por su columna vertebral. Tenía fiebre. Se sintió flotando en círculos concéntricos dentro de un estanque de gelatina. Alguien habló. El coronel respondió desde su catre de revolucionario.

—Con quién hablas —preguntó la mujer.

—Con el inglés disfrazado de tigre que apareció en el campamento del coronel Aureliano Buendía —respondió el coronel. Se revolvió en la hamaca, hirviendo en la fiebre—. Era el duque de Marlborough.

Amaneció estragado. Al segundo toque para misa saltó

de la hamaca y se instaló en una realidad turbia[17] alborotada por el canto del gallo. Su cabeza giraba todavía en
círculos concéntricos. Sintió náuseas. Salió al patio y se
dirigió al excusado a través del minucioso cuchicheo y los
sombríos olores del invierno. El interior del cuartito de
madera con techo de zinc estaba enrarecido por el vapor
amoniacal del bacinete. Cuando el coronel levantó la tapa
surgió del pozo un vaho de moscas triangulares.

Era una falsa alarma. Acuclillado en la plataforma de
tablas sin cepillar experimentó la desazón del anhelo
frustrado. El apremio fue sustituido por un dolor sordo
en el tubo digestivo. «No hay duda», murmuró. «Siempre
me sucede lo mismo en octubre.» Y asumió su actitud de
confiada e inocente expectativa hasta cuando se apaciguaron
los hongos de sus vísceras. Entonces volvió al cuarto por el
gallo.

—Anoche estabas delirando de fiebre —dijo la mujer.

Había comenzado a poner orden en el cuarto, repuesta
de una semana de crisis. El coronel hizo un esfuerzo para
recordar.

—No era fiebre —mintió—. Era otra vez el sueño de las
telarañas.

Como ocurría siempre, la mujer surgió excitada de la
crisis. En el curso de la mañana volteó la casa al revés.[18]
Cambió el lugar de cada cosa, salvo el reloj y el cuadro de
la ninfa. Era tan menuda y elástica que cuando transitaba
con sus babuchas de pana y su traje negro enteramente
cerrado parecía tener la virtud de pasar a través de las
paredes. Pero antes de las doce había recobrado su densidad,
su peso humano. En la cama era un vacío. Ahora, movién-
dose entre los tiestos de helechos y begonias, su presencia

[17] *settled into a confused reality.*
[18] *she turned the house upside down.*

desbordaba la casa. «Si Agustín tuviera su año me pondría a cantar», dijo, mientras revolvía la olla donde hervían cortadas en trozos todas las cosas de comer que la tierra del trópico es capaz de producir.

—Si tienes ganas de cantar, canta —dijo el coronel—. Eso es bueno para la bilis.

El médico vino después del almuerzo. El coronel y su esposa tomaban café en la cocina cuando él empujó la puerta de la calle y gritó:

—Se murieron los enfermos.

El coronel se levantó a recibirlo.

—Así es, doctor —dijo dirigiéndose a la sala—. Yo siempre he dicho que su reloj anda con el de los gallinazos.[19]

La mujer fue al cuarto a prepararse para el examen. El médico permaneció en la sala con el coronel. A pesar del calor, su traje de lino intachable exhalaba un hálito de frescura. Cuando la mujer anunció que estaba preparada, el médico entregó al coronel tres pliegos dentro de un sobre. Entró al cuarto, diciendo: «Es lo que no decían los periódicos de ayer.»

El coronel lo suponía. Era una síntesis de los últimos acontecimientos nacionales impresa en mimeógrafo para la circulación clandestina. Revelaciones sobre el estado de la resistencia armada en el interior del país. Se sintió demolido. Diez años de informaciones clandestinas no le habían enseñado que ninguna noticia era más sorprendente que la del mes entrante. Había terminado de leer cuando el médico volvió a la sala.

—Esta paciente está mejor que yo —dijo—. Con un asma como ésa yo estaría preparado para vivir cien años.

El coronel lo miró sombríamente. Le devolvió el sobre sin pronunciar una palabra, pero el médico lo rechazó.

[19] *your clock keeps time with the buzzards.*

—Hágala circular —dijo en voz baja.

El coronel guardó el sobre en el bolsillo del pantalón. La mujer salió del cuarto diciendo: «Un día de éstos me muero y me lo llevo a los infiernos, doctor.» El médico respondió en silencio con el estereotipado esmalte de sus dientes. Rodó una silla hacia la mesita y extrajo del maletín varios frascos de muestras gratuitas. La mujer pasó de largo hacia la cocina.

—Espérese y le caliento el café.

—No, muchas gracias —dijo el médico. Escribió la dosis en una hoja del formulario—. Le niego rotundamente la oportunidad de envenenarme.

Ella rió en la cocina. Cuando acabó de escribir, el médico leyó la fórmula en voz alta pues tenía conciencia de que nadie podía descifrar su escritura. El coronel trató de concentrar la atención. De regreso de la cocina la mujer descubrió en su rostro los estragos de la noche anterior.

—Esta madrugada tuvo fiebre —dijo, refiriéndose a su marido—. Estuvo como dos horas diciendo disparates de la guerra civil.

El coronel se sobresaltó.

«No era fiebre», insistió, recobrando su compostura. «Además —dijo— el día que me sienta mal no me pongo en manos de nadie. Me boto yo mismo en el cajón de la basura.»

Fue al cuarto a buscar los periódicos.

—Gracias por la flor[20] —dijo el médico.

Caminaron juntos hacia la plaza. El aire estaba seco. El betún de las calles empezaba a fundirse con el calor. Cuando el médico se despidió, el coronel le preguntó en voz baja, con los dientes apretados:

—Cuánto le debemos, doctor.

—Por ahora nada —dijo el médico, y le dio una palmadita

---

[20] *Thanks for the compliment.*

en la espalda—. Ya le pasaré una cuenta gorda cuando gane el gallo.[21]

El coronel se dirigió a la sastrería a llevar la carta clandestina a los compañeros de Agustín. Era su único refugio desde cuando sus copartidarios fueron muertos o expulsados del pueblo, y él quedó convertido en un hombre solo sin otra ocupación que esperar el correo todos los viernes.

El calor de la tarde estimuló el dinamismo de la mujer. Sentada entre las begonias del corredor junto a una caja de ropa inservible, hizo otra vez el eterno milagro de sacar prendas nuevas de la nada. Hizo cuellos de mangas y puños de tela de la espalda y remiendos cuadrados, perfectos, aun con retazos de diferente color. Una cigarra instaló su pito en el patio. El sol maduró.[22] Pero ella no lo vio agonizar sobre las begonias. Sólo levantó la cabeza al anochecer cuando el coronel volvió a la casa. Entonces se apretó el cuello con las dos manos, se desajustó las coyunturas; dijo: «Tengo el cerebro tieso como un palo.»[23]

—Siempre lo has tenido así —dijo el coronel, pero luego observó el cuerpo de la mujer enteramente cubierto de retazos de colores—. Pareces un pájaro carpintero.

—Hay que ser medio carpintero para vestirte —dijo ella. Extendió una camisa fabricada con género de tres colores diferentes, salvo el cuello y los puños que eran del mismo color—. En los carnavales te bastará con quitarte el saco.[24]

La interrumpieron las campanadas de las seis. «El ángel del Señor anunció a María»,[25] rezó en voz alta, dirigiéndose con la ropa al dormitorio. El coronel conversó con los

---

[21] *When the cock wins I'll send you a whopping bill.*
[22] *The sun matured* (i.e. *the heat became intense*).
[23] *My head feels tight* (lit. *My brain is as rigid as a stick*).
[24] *During the carnival all you'll have to do is take off your coat.*
[25] Endnote I.

niños que al salir de la escuela habían ido a contemplar el
gallo. Luego recordó que no había maíz para el día siguiente
y entró al dormitorio a pedir dinero a su mujer.

—Creo que ya no quedan sino cincuenta centavos —dijo
ella.

Guardaba el dinero bajo la estera de la cama, anudado
en la punta de un pañuelo. Era el producto de la máquina
de coser de Agustín. Durante nueve meses habían gastado
ese dinero centavo a centavo, repartiéndolo entre sus
propias necesidades y las necesidades del gallo. Ahora sólo
había dos monedas de a veinte y una de a diez centavos.

—Compras una libra de maíz —dijo la mujer—. Compras
con los vueltos el café de mañana y cuatro onzas de queso.

—Y un elefante dorado para colgarlo en la puerta —prosiguió el coronel—. Sólo el maíz cuesta cuarenta y dos.

Pensaron un momento. «El gallo es un animal y por lo
mismo[26] puede esperar», dijo la mujer inicialmente. Pero
la expresión de su marido la obligó a reflexionar.[27] El
coronel se sentó en la cama, los codos apoyados en las
rodillas, haciendo sonar las monedas entre las manos. «No
es por mí», dijo al cabo de un momento. «Si de mí depen-
diera haría esta misma noche un sancocho de gallo. Debe
ser muy buena una indigestión de cincuenta pesos.» Hizo
una pausa para destripar un zancudo en el cuello. Luego
siguió a su mujer con la mirada alrededor del cuarto.

—Lo que me preocupa es que esos pobres muchachos
están ahorrando.

Entonces ella empezó a pensar. Dio una vuelta completa
con la bomba de insecticida. El coronel descubrió algo de
irreal en su actitud, como si estuviera convocando para
consultarlos a los espíritus de la casa. Por último puso la

[26] *for that self-same reason.*
[27] Endnote J.

bomba sobre el altarcillo de litografías y fijó sus ojos color de almíbar en los ojos color de almíbar del coronel.

—Compra el maíz —dijo—. Ya sabrá Dios cómo hacemos nosotros para arreglarnos.

«Éste es el milagro de la multiplicación de los panes»,[28] repitió el coronel cada vez que se sentaron a la mesa en el curso de la semana siguiente. Con su asombrosa habilidad para componer, zurcir y remendar, ella parecía haber descubierto la clave para sostener la economía doméstica en el vacío. Octubre prolongó la tregua. La humedad fue sustituida por el sopor. Reconfortada por el sol de cobre la mujer destinó tres tardes a su laborioso peinado. «Ahora empieza la misa cantada»,[29] dijo el coronel la tarde en que ella desenredó las largas hebras azules con un peine de dientes separados. La segunda tarde, sentada en el patio con una sábana blanca en el regazo, utilizó un peine más fino para sacar los piojos que habían proliferado durante la crisis. Por último se lavó la cabeza con agua de alhucema, esperó a que secara, y se enrolló el cabello en la nuca en dos vueltas sostenidas con una peineta. El coronel esperó. De noche, desvelado en la hamaca, sufrió muchas horas por la suerte del gallo. Pero el miércoles lo pesaron y estaba en forma.

Esa misma tarde, cuando los compañeros de Agustín abandonaron la casa haciendo cuentas alegres sobre la victoria del gallo,[30] también el coronel se sintió en forma. La mujer le cortó el cabello. «Me has quitado veinte años de encima», dijo él, examinándose la cabeza con las manos. La mujer pensó que su marido tenía razón.

[28] Endnote K.
[29] Endnote L.
[30] *making optimistic calculations about their winnings from the cock's victory.*

—Cuando estoy bien soy capaz de resucitar un muerto —dijo.

Pero su convicción duró muy pocas horas. Ya no quedaba en la casa nada que vender, salvo el reloj y el cuadro. El jueves en la noche, en el último extremo de los recursos, la mujer manifestó su inquietud ante la situación.

—No te preocupes —la consoló el coronel—. Mañana viene el correo.

Al día siguiente esperó las lanchas frente al consultorio del médico.

El avión es una cosa maravillosa —dijo el coronel, los ojos apoyados en el saco del correo—. Dicen que puede llegar a Europa en una noche.

«Así es», dijo el médico, abanicándose con una revista ilustrada. El coronel descubrió al administrador postal en un grupo que esperaba el final de la maniobra para saltar a la lancha. Saltó el primero. Recibió del capitán un sobre lacrado. Después subió al techo. El saco del correo estaba amarrado entre dos tambores de petróleo.

—Pero no deja de tener sus peligros —dijo el coronel. Perdió de vista al administrador, pero lo recobró entre los frascos de colores del carrito de refrescos—. La humanidad no progresa de balde.[31]

—En la actualidad es más seguro que una lancha —dijo el médico—. A veinte mil pies de altura se vuela por encima de las tempestades.

—Veinte mil pies —repitió el coronel, perplejo, sin concebir la noción de la cifra.

El médico se interesó. Estiró la revista con las dos manos hasta lograr una inmovilidad absoluta.

—Hay una estabilidad perfecta —dijo.

Pero el coronel estaba pendiente del administrador. Lo

[31] Endnote M.

vio consumir un refresco de espuma rosada sosteniendo el vaso con la mano izquierda. Sostenía con la derecha el saco del correo.

—Además, en el mar hay barcos anclados en permanente contacto con los aviones nocturnos —siguió diciendo el médico—. Con tantas precauciones es más seguro que una lancha.

El coronel lo miró.

—Por supuesto —dijo—. Debe ser como·las alfombras.

El administrador se dirigió directamente hacia ellos. El coronel retrocedió impulsado por una ansiedad irresistible tratando de descifrar el nombre escrito en el sobre lacrado. El administrador abrió el saco. Entregó al médico el paquete de los periódicos. Luego desgarró el sobre de la correspondencia privada, verificó la exactitud de la remesa y leyó en las cartas los nombres de los destinatarios. El médico abrió los periódicos.

—Todavía el problema de Suez —dijo, leyendo los titulares destacados—. El occidente pierde terreno.

El coronel no leyó los titulares. Hizo un esfuerzo para reaccionar contra su estómago. «Desde que hay censura los periódicos no hablan sino de Europa», dijo. «Lo mejor será que los europeos se vengan para acá y que nosotros nos vayamos para Europa. Así sabrá todo el mundo lo que pasa en su respectivo país.»

—Para los europeos América del Sur es un hombre de bigotes, con una guitarra y un revólver —dijo el médico, riendo sobre el periódico—. No entienden el problema.[32]

El administrador le entregó la correspondencia. Metió el resto en el saco y lo volvió a cerrar. El médico se dispuso a leer dos cartas personales. Pero antes de romper los sobres miró al coronel. Luego miró al administrador.

[32] Endnote N.

—¿Nada para el coronel?

El coronel sintió el terror. El administrador se echó el saco al hombro, bajó el andén y respondió sin volver la cabeza:

—El coronel no tiene quien le escriba.

Contrariando su costumbre no se dirigió directamente a la casa. Tomó café en la sastrería mientras los compañeros de Agustín hojeaban los periódicos. Se sentía defraudado. Habría preferido permanecer allí hasta el viernes siguiente para no presentarse esa noche ante su mujer con las manos vacías. Pero cuando cerraron la sastrería tuvo que hacerle frente a la realidad. La mujer lo esperaba.

—Nada —preguntó.

—Nada —respondió el coronel.

El viernes siguiente volvió a las lanchas. Y como todos los viernes regresó a su casa sin la carta esperada. «Ya hemos cumplido con esperar», le dijo esa noche su mujer. «Se necesita tener esa paciencia de buey que tú tienes para esperar una carta durante quince años.»[33] El coronel se metió en la hamaca a leer los periódicos.

—Hay que esperar el turno —dijo—. Nuestro número es el mil ochocientos veintitrés.

—Desde que estamos esperando, ese número ha salido dos veces en la lotería —replicó la mujer.

El coronel leyó, como siempre, desde la primera página hasta la última, incluso los avisos. Pero esta vez no se concentró. Durante la lectura pensó en su pensión de veterano. Diecinueve años antes, cuando el congreso promulgó la ley, se inició un proceso de justificación que duró ocho años. Luego necesitó seis años más para hacerse

---

[33] This period of fifteen years clearly refers to the duration of the latest stage in the protracted legal negotiations to secure the colonel's pension.

incluir en el escalafón. Ésa fue la última carta que recibió el coronel.

Terminó después del toque de queda. Cuando iba a apagar la lámpara cayó en la cuenta de que su mujer estaba despierta.

—¿Tienes todavía aquel recorte?

La mujer pensó.

—Sí. Debe estar con los otros papeles.

Salió del mosquitero y extrajo del armario un cofre de madera con un paquete de cartas ordenadas por las fechas y aseguradas con una cinta elástica. Localizó un anuncio de una agencia de abogados que se comprometía a una gestión activa de las pensiones de guerra.

—Desde que estoy con el tema de que cambies de abogado ya hubiéramos tenido tiempo hasta de gastarnos la plata —dijo la mujer, entregando a su marido el recorte de periódico—. Nada sacamos con que nos la metan en el cajón como a los indios.³⁴

El coronel leyó el recorte fechado dos años antes. Lo guardó en el bolsillo de la camisa colgada detrás de la puerta.

—Lo malo es que para el cambio de abogado se necesita dinero.

—Nada de eso —decidió la mujer—. Se les escribe diciendo que descuenten lo que sea de la misma pensión cuando la cobren. Es la única manera de que se interesen en el asunto.

Así que el sábado en la tarde el coronel fue a visitar a su abogado. Lo encontró tendido a la bartola en una hamaca. Era un negro monumental sin nada más que los dos colmillos en la mandíbula superior. Metió los pies en unas pantuflas con suelas de madera y abrió la ventana del despacho sobre una polvorienta pianola con papeles

³⁴ Endnote O.

embutidos en los espacios de los rollos: recortes del «Diario Oficial»[35] pegados con goma en viejos cuadernos de contabilidad y una colección salteada de los boletines de la contraloría. La pianola sin teclas servía al mismo tiempo de escritorio. El coronel expuso su inquietud antes de revelar el propósito de su visita.

«Yo le advertí que la cosa no era de un día para el otro», dijo el abogado en una pausa del coronel. Estaba aplastado por el calor. Forzó hacia atrás los resortes de la silla y se abanicó con un cartón de propaganda.

—Mis agentes me escriben con frecuencia diciendo que no hay que desesperarse.

—Es lo mismo desde hace quince años —replicó el coronel—. Esto empieza a parecerse al cuento del gallo capón.[36]

El abogado hizo una descripción muy gráfica de los vericuetos administrativos. La silla era demasiado estrecha para sus nalgas otoñales. «Hace quince años era más fácil», dijo. «Entonces existía la asociación municipal de veteranos compuesta por elementos de los dos partidos.» Se llenó los pulmones de un aire abrasante y pronunció la sentencia como si acabara de inventarla:

—La unión hace la fuerza.

—En este caso no la hizo —dijo el coronel, por primera vez dándose cuenta de su soledad—. Todos mis compañeros se murieron esperando el correo.

El abogado no se alteró.

—La ley fue promulgada demasiado tarde —dijo—. No todos tuvieron la suerte de usted que fue coronel a los veinte años. Además, no se incluyó una partida especial, de

---

[35] *Official Gazette.*
[36] *a riddle without any solution* (lit. *The Story of the cock and the capon*).

manera que el gobierno ha tenido que hacer remiendos en el presupuesto.

Siempre la misma historia. Cada vez que el coronel la escuchaba padecía un sordo resentimiento. «Esto no es una limosna», dijo. «No se trata de hacernos un favor. Nosotros nos rompimos el cuero para salvar la república.» El abogado se abrió de brazos.[37]

—Así es, coronel —dijo—. La ingratitud humana no tiene límites.

También esa historia la conocía el coronel. Había empezado a escucharla al día siguiente del tratado de Neerlandia cuando el gobierno prometió auxilios de viaje e indemnizaciones a doscientos oficiales de la revolución. Acampado en torno a la gigantesca ceiba de Neerlandia un batallón revolucionario compuesto en gran parte por adolescentes fugados de la escuela, esperó durante tres meses. Luego regresaron a sus casas por sus propios medios y allí siguieron esperando. Casi sesenta años después todavía el coronel esperaba.

Excitado por los recuerdos asumió una actitud transcendental. Apoyó en el hueso del muslo la mano derecha —puros huesos cosidos con fibras nerviosas—[38] y murmuró:

—Pues yo he decidido tomar una determinación.[39]

El abogado quedó en suspenso.

—¿Es decir?

—Cambio de abogado.

Una pata seguida por varios patitos amarillos entró al despacho. El abogado se incorporó para hacerla salir. «Como usted diga, coronel», dijo, espantando los animales. «Será como usted diga. Si yo pudiera hacer milagros no

---

[37] *The lawyer threw up his hands.*
[38] *pure skin and bone.*
[39] *Well, I have decided to take action.*

estaría viviendo en este corral.» Puso una verja de madera en la puerta del patio y regresó a la silla.

—Mi hijo trabajó toda su vida —dijo el coronel—. Mi casa está hipotecada. La ley de jubilaciones ha sido una pensión vitalicia para los abogados.[40]

Para mí no —protestó el abogado—. Hasta el último centavo se ha gastado en diligencias.

El coronel sufrió con la idea de haber sido injusto.

—Eso es lo que quise decir —corrigió. Se secó la frente con la manga de la camisa—. Con este calor se oxidan las tuercas de la cabeza.

Un momento después el abogado revolvió el despacho en busca del poder. El sol avanzó hacia el centro de la escueta habitación construida con tablas sin cepillar. Después de buscar inútilmente por todas partes, el abogado se puso a gatas, bufando, y cogió un rollo de papeles bajo la pianola.

—Aquí está.

Entregó al coronel una hoja de papel sellado. «Tengo que escribirles a mis agentes para que anulen las copias», concluyó. El coronel sacudió el polvo y se guardó la hoja en el bolsillo de la camisa.

—Rómpala usted mismo —dijo el abogado.

«No», respondió el coronel. «Son veinte años de recuerdos.» Y esperó a que el abogado siguiera buscando. Pero no lo hizo. Fue hasta la hamaca a secarse el sudor. Desde allí miró al coronel a través de una atmósfera reverberante.

—También necesito los documentos —dijo el coronel.

—Cuáles.

—La justificación.[41]

El abogado se abrió de brazos.

[40] Endnote P.
[41] (Legal term) *Substantiation of claim.*

—Eso sí que será imposible, coronel.

El coronel se alarmó. Como tesorero de la revolución en la circunscripción de Macondo había realizado un penoso viaje de seis días con los fondos de la guerra civil en dos baúles amarrados al lomo de una mula. Llegó al campamento de Neerlandia arrastrando la mula muerta de hambre media hora antes de que se firmara el tratado. El coronel Aureliano Buendía —intendente general de las fuerzas revolucionarias en el litoral Atlántico— extendió el recibo de los fondos e incluyó los dos baúles en el inventario de la rendición.

—Son documentos de un valor incalculable —dijo el coronel—. Hay un recibo escrito de su puño y letra del coronel Aureliano Buendía.[42]

—De acuerdo —dijo el abogado—. Pero esos documentos han pasado por miles y miles de manos en miles y miles de oficinas hasta llegar a quién sabe qué departamentos del ministerio de guerra.

—Unos documentos de esa índole no pueden pasar inadvertidos para ningún funcionario —dijo el coronel.

—Pero en los últimos quince años han cambiado muchas veces los funcionarios —precisó el abogado—. Piense usted que ha habido siete presidentes y que cada presidente cambió por lo menos diez veces su gabinete y que cada ministro cambió sus empleados por lo menos cien veces.

—Pero nadie pudo llevarse los documentos para su casa —dijo el coronel—. Cada nuevo funcionario debió encontrarlos en su sitio.

El abogado se desesperó.

—Además, si esos papeles salen ahora del ministerio tendrán que someterse a un nuevo turno para el escalafón.

[42] *There is a receipt written in Colonel Aureliano Buendía's own hand.*

—No importa —dijo el coronel.

—Será cuestión de siglos.

—No importa. El que espera lo mucho espera lo poco.

Llevó a la mesita de la sala un bloc de papel rayado, la pluma, el tintero y una hoja de papel secante, y dejó abierta la puerta del cuarto por si tenía que consultar algo con su mujer. Ella rezó el rosario.

— ¿A cómo estamos hoy?

—27 de octubre.

Escribió con una compostura aplicada, puesta la mano con la pluma en la hoja de papel secante, recta la columna vertebral para favorecer la respiración, como le enseñaron en la escuela. El calor se hizo insoportable en la sala cerrada. Una gota de sudor cayó en la carta. El coronel la recogió en el papel secante. Después trató de raspar las palabras disueltas, pero hizo un borrón. No se desesperó. Escribió una llamada y anotó al margen: «derechos adquiridos». Luego leyó todo el párrafo.

— ¿Qué día me incluyeron en el escalafón?

La mujer no interrumpió la oración para pensar.

—12 de agosto de 1949.

Un momento después empezó a llover. El coronel llenó una hoja de garabatos grandes, un poco infantiles, los mismos que le enseñaron en la escuela pública de Manaure.[43] Luego una segunda hoja hasta la mitad, y firmó.

Leyó la carta a su mujer. Ella aprobó cada frase con la cabeza. Cuando terminó la lectura el coronel cerró el sobre y apagó la lámpara.

—Puedes decirle a alguien que te la saque a máquina.

---

[43] *The state school of Manaure* (village in the Guajira region of North-western Colombia).

—No —respondió el coronel—. Ya estoy cansado de andar pidiendo favores.

Durante media hora sintió la lluvia contra las palmas del techo. El pueblo se hundió en el diluvio. Después del toque de queda empezó la gota en algún lugar de la casa.

—Esto se ha debido hacer desde hace mucho tiempo —dijo la mujer—. Siempre es mejor entenderse directamente.

—Nunca es demasiado tarde —dijo el coronel, pendiente de la gotera—. Puede ser que todo esté resuelto cuando se cumpla la hipoteca de la casa.

—Faltan dos años —dijo la mujer.

Él encendió la lámpara para localizar la gotera en la sala. Puso debajo el tarro del gallo y regresó al dormitorio perseguido por el ruido metálico del agua en la lata vacía.

Es posible que por el interés de ganarse la plata lo resuelvan antes de enero —dijo, y se convenció a sí mismo—. Para entonces Agustín habrá cumplido su año y podemos ir al cine.[44]

Ella rió en voz baja. «Ya ni siquiera me acuerdo de los monicongos», dijo. El coronel trató de verla a través del mosquitero.

—¿Cuándo fuiste al cine por última vez?

—En 1931 —dijo ella—. Daban «La voluntad del muerto».

—¿Hubo puños?[45]

—No se supo nunca. El aguacero se desgajó cuando el fantasma trataba de robarle el collar a la muchacha.

Los durmió el rumor de la lluvia. El coronel sintió un ligero malestar en los intestinos. Pero no se alarmó. Estaba a punto de sobrevivir a un nuevo octubre. Se envolvió en una manta de lana y por un momento percibió la pedregosa

---

[44] i.e. the anniversary of his death when the customary twelve months of mourning will be over.

[45] *Was there a punch-up?*

respiración de la mujer —remota— navegando en otro sueño. Entonces habló, perfectamente consciente.

La mujer despertó.

—¿Con quién hablas?

—Con nadie —dijo el coronel—. Estaba pensando que en la reunión de Macondo tuvimos razón cuando le dijimos al coronel Aureliano Buendía que no se rindiera. Eso fue lo que echó a perder el mundo.[46]

Llovió toda la semana. El dos de noviembre —contra la voluntad del coronel—, la mujer llevó flores a la tumba de Agustín. Volvió del cementerio con una nueva crisis. Fue una semana dura. Más dura que las cuatro semanas de octubre a las cuales el coronel no creyó sobrevivir. El médico estuvo a ver a la enferma y salió de la pieza gritando: «Con un asma como ésa yo estaría preparado para enterrar a todo el pueblo.» Pero habló a solas con el coronel y prescribió un régimen especial.

También el coronel sufrió una recaída. Agonizó muchas horas en el excusado, sudando hielo,[47] sintiendo que se pudría y se caía a pedazos la flora de sus vísceras. «Es el invierno», se repitió sin desesperarse. «Todo será distinto cuando acabe de llover.» Y lo creyó realmente, seguro de estar vivo en el momento en que llegara la carta.

A él le correspondió esta vez remendar la economía doméstica. Tuvo que apretar los dientes muchas veces para solicitar crédito en las tiendas vecinas. «Es hasta la semana entrante», decía, sin estar seguro él mismo de que era cierto. «Es una platita que ha debido llegarme desde el viernes.» Cuando surgió de la crisis la mujer lo reconoció con estupor.

[46] *That was the start of everyone's misfortunes* (lit. *That was what lost the world*).

[47] *breaking out in a cold sweat.*

—Estás en el hueso pelado[48] —dijo.

—Me estoy cuidando para venderme —dijo el coronel—. Ya estoy encargado por una fábrica de clarinetes.

Pero en realidad estaba apenas sostenido por la esperanza de la carta. Agotado, los huesos molidos por la vigilia, no pudo ocuparse al mismo tiempo de sus necesidades y del gallo. En la segunda quincena de noviembre creyó que el animal se moriría después de dos días sin maíz. Entonces se acordó de un puñado de habichuelas que había colgado en julio sobre la hornilla. Abrió las vainas y puso al gallo un tarro de semillas secas.

—Ven acá —dijo.

—Un momento —respondió el coronel, observando la reacción del gallo—. A buena hambre no hay mal pan.[49]

Encontró a su esposa tratando de incorporarse en la cama. El cuerpo estragado exhalaba un vaho de hierbas medicinales. Ella pronunció las palabras, una a una, con una precisión calculada:

—Sales inmediatamente de ese gallo.

El coronel había previsto aquel momento. Lo esperaba desde la tarde en que acribillaron a su hijo y él decidió conservar el gallo. Había tenido tiempo de pensar.

—Ya no vale la pena —dijo—. Dentro de tres meses será la pelea y entonces podremos venderlo a mejor precio.

—No es cuestión de plata —dijo la mujer—. Cuando vengan los muchachos les dices que se lo lleven y hagan con él lo que les dé la gana.

—Es por Agustín —dijo el coronel con un argumento previsto—. Imagínate la cara con que hubiera venido a comunicarnos la victoria del gallo.

La mujer pensó efectivamente en su hijo.

[48] *You are nothing but skin and bone.*
[49] i.e. *Hungry dogs will eat dirty puddings.*

«Esos malditos gallos fueron su perdición», gritó. «Si el tres de enero se hubiera quedado en la casa no lo hubiera sorprendido la mala hora.»[50] Dirigió hacia la puerta un índice escuálido y exclamó:

Me parece que lo estuviera viendo cuando salió con el gallo debajo del brazo. Le advertı que no fuera a buscar una mala hora en la gallera y él me mostró los dientes y me dijo: «Cállate, que esta tarde nos vamos a podrir de plata.»[51]

Cayó extenuada. El coronel la empujó suavemente hacia la almohada. Sus ojos tropezaron con otros ojos exactamente iguales a los suyos. «Trata de no moverte», dijo, sintiendo los silbidos dentro de sus propios pulmones.[52] La mujer cayó en un sopor momentáneo. Cerró los ojos. Cuando volvió a abrirlos su respiración parecía más reposada.

—Es por la situación en que estamos —dijo—. Es pecado quitarnos el pan de la boca para echárselo a un gallo.

El coronel le secó la frente con la sábana.

—Nadie se muere en tres meses.

—Y mientras tanto qué comemos —preguntó la mujer.

—No sé —dijo el coronel—. Pero si nos fuéramos a morir de hambre ya nos hubiéramos muerto.

El gallo estaba perfectamente vivo frente al tarro vacío. Cuando vio al coronel emitió un monólogo gutural, casi humano, y echó la cabeza hacia atrás. Él le hizo una sonrisa de complicidad:

—La vida es dura, camarada.

Salió a la calle. Vagó por el pueblo en siesta, sin pensar en nada, ni siquiera tratando de convencerse de que su

[50] *misfortune* (lit. *the evil hour*).
[51] Endnote Q.
[52] Endnote R.

problema no tenía solución. Anduvo por calles olvidadas hasta cuando se encontró agotado. Entonces volvió a casa. La mujer lo sintió entrar y lo llamó al cuarto.

—¿Qué?

Ella respondió sin mirarlo.

—Que podemos vender el reloj.

El coronel había pensado en eso. «Estoy segura de que Álvaro te da cuarenta pesos en seguida», dijo la mujer. «Fíjate la facilidad con que compró la máquina de coser.»

Se refería al sastre para quien trabajó Agustín.

—Se le puede hablar por la mañana —admitió el coronel.

—Nada de hablar por la mañana —precisó ella—. Le llevas ahora mismo el reloj, se lo pones en la mesa y le dices: «Álvaro, aquí le traigo este reloj para que me lo compre.» Él entenderá en seguida.

El coronel se sintió desgraciado.

—Es como andar cargando el santo sepulcro[53] —protestó—. Si me ven por la calle con semejante escaparate me sacan en una canción de Rafael Escalona.[54]

Pero también esta vez su mujer lo convenció. Ella misma descolgó el reloj, lo envolvió en periódicos y se lo puso entre las manos. «Aquí no vuelves sin los cuarenta pesos», dijo. El coronel se dirigió a la sastrería con el envoltorio bajo el brazo. Encontró a los compañeros de Agustín sentados a la puerta.

Uno de ellos le ofreció un asiento. Al coronel se le embrollaban las ideas. «Gracias», dijo. «Voy de paso.» Álvaro salió de la sastrería. En un alambre tendido entre dos horcones del corredor colgó una pieza de dril mojada. Era un muchacho de formas duras, angulosas, y ojos alucinados. También él lo invitó a sentarse. El coronel se

[53] Endnote S.
[54] Endnote T.

sintió reconfortado. Recostó el taburete contra el marco de la puerta y se sentó a esperar que Álvaro quedara solo para proponerle el negocio. De pronto se dio cuenta de que estaba rodeado de rostros herméticos.

—No interrumpo —dijo.

Ellos protestaron. Uno se inclinó hacia él. Dijo, con una voz apenas perceptible:

—Escribió Agustín.[55]

El coronel observó la calle desierta.

—¿Qué dice?

—Lo mismo de siempre.

Le dieron la hoja clandestina. El coronel la guardó en el bolsillo del pantalón. Luego permaneció en silencio tamborileando sobre el envoltorio hasta cuando se dio cuenta de que alguien lo había advertido. Quedó en suspenso.

—¿Qué lleva ahí, coronel?

El coronel eludió los penetrantes ojos verdes de Germán.

—Nada —mintió—. Que le llevo el reloj al alemán para que me lo componga.

«No sea bobo, coronel», dijo Germán, tratando de apoderarse del envoltorio. «Espérese y lo examino.»

Él resistió. No dijo nada pero sus párpados se volvieron cárdenos. Los otros insistieron.

—Déjelo, coronel. El sabe de mecánica.

—Es que no quiero molestarlo.

—Qué molestarlo ni qué molestarlo[56] —discutió Germán. Cogió el reloj—. El alemán le arranca diez pesos y se lo deja lo mismo.[57]

Entró a la sastrería con el reloj. Álvaro cosía a máquina.

---

[55] *Agustín has written* (pass-phrase used by the deceased Agustín's friends when passing on subversive propaganda).

[56] *That's not likely to trouble him.*

[57] Endnote U.

En el fondo, bajo una guitarra colgada de un clavo, una muchacha pegaba botones. Había un letrero clavado sobre la guitarra: «Prohibido hablar de política.» El coronel sintió que le sobraba el cuerpo. Apoyó los pies en el travesaño del taburete.

—Mierda, coronel.

Se sobresaltó. «Sin malas palabras»,[58] dijo.

Alfonso se ajustó los anteojos a la nariz para examinar mejor los botines del coronel.

—Es por los zapatos —dijo—. Está usted estrenando unos zapatos del carajo.[59]

—Pero se puede decir sin malas palabras —dijo el coronel, y mostró las suelas de sus botines de charol—. Estos monstruos tienen cuarenta años y es la primera vez que oyen una mala palabra.

«Ya está», gritó Germán adentro, al tiempo con la campana del reloj. En la casa vecina una mujer golpeó la pared divisoria; gritó:

—Dejen esa guitarra que todavía Agustín no tiene un año.

Estalló una carcajada.

—Es un reloj.

Germán salió con el envoltorio.

—No era nada —dijo—. Si quiere lo acompaño a la casa para ponerlo a nivel.

El coronel rehusó el ofrecimiento.

—¿Cuánto te debo?

—No se preocupe, coronel —respondió Germán ocupando su sitio en el grupo—. En enero paga el gallo.

El coronel encontró entonces una ocasión perseguida.[60]

---

[58] *No need to swear.*
[59] *Those are some damned shoes you're wearing.*
[60] *The colonel then found the chance he was looking for.*

—Te propongo una cosa —dijo.

—¿Qué?

—Te regalo el gallo —examinó los rostros en contorno—. Les regalo el gallo a todos ustedes.

Germán lo miró perplejo.

«Ya yo estoy muy viejo para eso», siguió diciendo el coronel. Imprimió a su voz una severidad convincente. «Es demasiada responsabilidad para mí. Desde hace días tengo la impresión de que ese animal se está muriendo.»

—No se preocupe, coronel —dijo Alfonso—. Lo que pasa es que en esta época el gallo está emplumando. Tiene fiebre en los cañones.

—El mes entrante estará bien —confirmó Germán.

—De todos modos no lo quiero —dijo el coronel.

Germán lo penetró con sus pupilas.

—Dese cuenta de las cosas, coronel —insistió—. Lo importante es que sea usted quien ponga en la gallera el gallo de Agustín.

El coronel lo pensó. «Me doy cuenta», dijo. «Por eso lo he tenido hasta ahora.» Apretó los dientes y se sintió con fuerzas para avanzar:

—Lo malo es que todavía faltan tres meses.

Germán fue quien comprendió.

—Si no es nada más que por eso no hay problema —dijo.

Y propuso su fórmula. Los otros aceptaron. Al anochecer, cuando entró a la casa con el envoltorio bajo el brazo, su mujer sufrió una desilusión.

—Nada —preguntó.

—Nada —respondió el coronel—. Pero ahora no importa. Los muchachos se encargarán de alimentar al gallo.

—Espérese y le presto un paraguas, compadre.

Don Sabas abrió un armario empotrado en el muro de la oficina. Descubrió un interior confuso, con botas de montar apelotonadas, estribos y correas y un cubo de aluminio lleno de espuelas de caballero. Colgados en la parte superior, media docena de paraguas y una sombrilla de mujer. El coronel pensó en los destrozos de una catástrofe.

«Gracias, compadre», dijo acodado en la ventana. «Prefiero esperar a que escampe.» Don Sabas no cerró el armario. Se instaló en el escritorio dentro de la órbita del ventilador eléctrico. Luego extrajo de la gaveta una jeringuilla hipodérmica envuelta en algodones. El coronel contempló los almendros plomizos a través de la lluvia. Era una tarde desierta.

—La lluvia es distinta desde esta ventana —dijo—. Es como si estuviera lloviendo en otro pueblo.

—La lluvia es la lluvia desde cualquier parte —replicó don Sabas. Puso a hervir la jeringuilla sobre la cubierta de vidrio del escritorio—. Éste es un pueblo de mierda.

El coronel se encogió de hombros. Caminó hacia el interior de la oficina: un salón de baldosas verdes con muebles forrados en telas de colores vivos. Al fondo, amontonados en desorden, sacos de sal, pellejos de miel y sillas de montar. Don Sabas lo siguió con una mirada completamente vacía.

—Yo en su lugar no pensaría lo mismo —dijo el coronel.

Se sentó con las piernas cruzadas, fija la mirada tranquila en el hombre inclinado sobre el escritorio. Un hombre pequeño, voluminoso pero de carnes fláccidas, con una tristeza de sapo en los ojos.

—Hágase ver del médico, compadre —dijo don Sabas—. Usted está un poco fúnebre desde el día del entierro.

El coronel levantó la cabeza.

—Estoy perfectamente bien —dijo.

Don Sabas esperó a que hirviera la jeringuilla. «Si yo pudiera decir lo mismo», se lamentó. «Dichoso usted que puede comerse un estribo de cobre.»[61] Contempló el peludo envés de sus manos salpicadas de lunares pardos. Usaba una sortija de piedra negra sobre el anillo de matrimonio.

—Así es —admitió el coronel.

Don Sabas llamó a su esposa a través de la puerta que comunicaba la oficina con el resto de la casa. Luego inició una adolorida explicación de su régimen alimenticio. Extrajo un frasquito del bolsillo de la camisa y puso sobre el escritorio una pastilla blanca del tamaño de un grano de habichuela.

—Es un martirio andar con esto por todas partes —dijo—. Es como cargar la muerte en el bolsillo.

El coronel se acercó al escritorio. Examinó la pastilla en la palma de la mano hasta cuando don Sabas lo invitó a saborearla.

—Es para endulzar el café —le explicó—. Es azúcar, pero sin azúcar.

—Por supuesto —dijo el coronel, la saliva impregnada de una dulzura triste—. Es algo así como repicar pero sin campanas.

Don Sabas se acodó al escritorio con el rostro entre las manos después de que su mujer le aplicó la inyección. El coronel no supo qué hacer con su cuerpo. La mujer desco-

[61] . . . *Lucky you to have an iron stomach* (lit. *to be able to eat a metal stirrup*).

nectó el ventilador eléctrico, lo puso sobre la caja blindada
y luego se dirigió al armario.

—El paraguas tiene algo que ver con la muerte —dijo.

El coronel no le puso atención. Había salido de su casa
a las cuatro con el propósito de esperar el correo, pero la
lluvia lo obligó a refugiarse en la oficina de don Sabas.
Aún llovía cuando pitaron las lanchas.

«Todo el mundo dice que la muerte es una mujer»,
siguió diciendo la mujer. Era corpulenta, más alta que su
marido, y con una verruga pilosa en el labio superior. Su
manera de hablar recordaba el zumbido del ventilador
eléctrico. «Pero a mí no me parece que sea una mujer»,
dijo. Cerró el armario y se volvió a consultar la mirada
del coronel:

—Yo creo que es un animal con pezuñas.

—Es posible —admitió el coronel—. A veces suceden
cosas muy extrañas.

Pensó en el administrador de correos saltando a la lancha
con un impermeable de hule. Había transcurrido un mes
desde cuando cambió de abogado. Tenía derecho a esperar
una respuesta. La mujer de don Sabas siguió hablando de la
muerte hasta cuando advirtió la expresión absorta del
coronel.

—Compadre —dijo—. Usted debe tener una preocupación.

El coronel recuperó su cuerpo.

—Así es, comadre —mintió—. Estoy pensando que ya
son las cinco y no se le ha puesto la inyección al gallo.

Ella quedó perpleja.

—Una inyección para un gallo como si fuera un ser
humano —gritó—. Eso es un sacrilegio.

Don Sabas no soportó más. Levantó el rostro congestionado.

—Cierra la boca un minuto —ordenó a su mujer. Ella se
llevó efectivamente las manos a la boca—. Tienes media

hora de estar molestando a mi compadre con tus tonterías.

—De ninguna manera —protestó el coronel.

La mujer dio un portazo. Don Sabas se secó el cuello con un pañuelo impregnado de lavanda. El coronel se acercó a la ventana. Llovía implacablemente. Una gallina de largas patas amarillas atravesaba la plaza desierta.

—¿Es cierto que están inyectando al gallo?

—Es cierto —dijo el coronel—. Los entrenamientos empiezan la semana entrante.

—Es una temeridad —dijo don Sabas—. Usted no está para esas cosas.

—De acuerdo —dijo el coronel—. Pero ésa no es una razón para torcerle el pescuezo.

«Es una temeridad idiota», dijo don Sabas dirigiéndose a la ventana. El coronel percibió una respiración de fuelle. Los ojos de su compadre le producían piedad.

—Siga mi consejo, compadre —dijo don Sabas—. Venda ese gallo antes que sea demasiado tarde.

—Nunca es demasiado tarde para nada —dijo el coronel.

—No sea irrazonable —insistió don Sabas—. Es un negocio de dos filos.[62] Por un lado se quita de encima ese dolor de cabeza y por el otro se mete novecientos pesos en el bolsillo.

—Novecientos pesos —exclamó el coronel.

—Novecientos pesos.

El coronel concibió la cifra.

—¿Usted cree que darán ese dineral por el gallo?

—No es que lo crea —respondió don Sabas—. Es que estoy absolutamente seguro.

Era la cifra más alta que el coronel había tenido en su cabeza después de que restituyó los fondos de la revolución. Cuando salió de la oficina de don Sabas sentía una fuerte

---

[62] *It's a deal with two advantages.*

torcedura en las tripas, pero tenía conciencia de que esta vez no era a causa del tiempo. En la oficina de correos se dirigió directamente al administrador:

—Estoy esperando una carta urgente —dijo—. Es por avión.

El administrador buscó en las casillas clasificadas. Cuando acabó de leer repuso las cartas en la letra correspondiente pero no dijo nada. Se sacudió la palma de las manos y dirigió al coronel una mirada significativa.

—Tenía que llegarme hoy con seguridad —dijo el coronel.

El administrador se encogió de hombros.

—Lo único que llega con seguridad es la muerte, coronel.

Su esposa lo recibió con un plato de mazamorra de maíz. Él la comió en silencio con largas pausas para pensar entre cada cucharada. Sentada frente a él la mujer advirtió que algo había cambiado en la casa.

—Qué te pasa —preguntó.

—Estoy pensando en el empleado de quien depende la pensión —mintió el coronel—. Dentro de cincuenta años nosotros estaremos tranquilos bajo tierra mientras ese pobre hombre agonizará todos los viernes esperando su jubilación.

«Mal síntoma», dijo la mujer. «Eso quiere decir que ya empiezas a resignarte.» Siguió con su mazamorra. Pero un momento después se dio cuenta de que su marido continuaba ausente.

—Ahora lo que debes hacer es aprovechar la mazamorra.

—Está muy buena —dijo el coronel—. ¿De dónde salió?

—Del gallo —respondió la mujer—. Los muchachos le han traído tanto maíz, que decidió compartirlo con nosotros. Así es la vida.

—Así es —suspiró el coronel—. La vida es la cosa mejor que se ha inventado.

Miró al gallo amarrado en el soporte de la hornilla y esta vez le pareció un animal diferente. También la mujer lo miró.

—Esta tarde tuve que sacar a los niños con un palo —dijo—. Trajeron una gallina vieja para enrazarla con el gallo.

—No es la primera vez —dijo el coronel—. Es lo mismo que hacían en los pueblos con el coronel Aureliano Buendía. Le llevaban muchachitas para enrazar.

Ella celebró la ocurrencia.[63] El gallo produjo un sonido gutural que llegó hasta el corredor como una sorda conversación humana. «A veces pienso que ese animal va a hablar», dijo la mujer. El coronel volvió a mirarlo.

—Es un gallo contante y sonante[64] —dijo. Hizo cálculos mientras sorbía una cucharada de mazamorra—. Nos dará para comer tres años.

—La ilusión no se come —dijo la mujer.

—No se come, pero alimenta —replicó el coronel—. Es algo así como las pastillas milagrosas de mi compadre Sabas.

Durmió mal esa noche tratando de borrar cifras en su cabeza. Al día siguiente al almuerzo la mujer sirvió dos platos de mazamorra y consumió el suyo con la cabeza baja, sin pronunciar una palabra. El coronel se sintió contagiado de un humor sombrío.

—Qué te pasa.

—Nada —dijo la mujer.

Él tuvo la impresión de que esta vez le había correspondido a ella el turno de mentir. Trató de consolarla. Pero la mujer insistió.

—No es nada raro —dijo—. Estoy pensando que el muerto va a tener dos meses y todavía no he dado el pésame.

---

[63] *The story amused her* (lit. *she applauded the idea*).
[64] i.e. *The cock is worth its weight in gold.*

Así que fue a darlo esa noche. El coronel la acompañó a la casa del muerto y luego se dirigió al salón de cine atraído por la música de los altavoces. Sentado a la puerta de su despacho el padre Ángel vigilaba el ingreso para saber quiénes asistían al espectáculo a pesar de sus doce advertencias. Los chorros de luz, la música estridente y los gritos de los niños oponían una resistencia física en el sector.[65] Uno de los niños amenazó al coronel con una escopeta de palo.

—Qué hay del gallo, coronel —dijo con voz autoritaria.

El coronel levantó las manos.

—Ahí está el gallo.

Un cartel a cuatro tintas ocupaba enteramente la fachada del salón: «Virgen de medianoche.» Era una mujer en traje de baile con una pierna descubierta hasta el muslo. El coronel siguió vagando por los alrededores hasta cuando estallaron truenos y relámpagos remotos. Entonces volvió por su mujer.[66]

No estaba en la casa del muerto. Tampoco en la suya. El coronel calculó que faltaba muy poco para el toque de queda, pero el reloj estaba parado. Esperó, sintiendo avanzar la tempestad hacia el pueblo. Se disponía a salir de nuevo cuando su mujer entró a la casa.

Llevó el gallo al dormitorio. Ella se cambió la ropa y fue a tomar agua en la sala en el momento en que el coronel terminaba de dar cuerda al reloj y esperaba el toque de queda para poner la hora.

—¿Dónde estabas? —preguntó el coronel.

«Por ahí», respondió la mujer. Puso el vaso en el tinajero sin mirar a su marido y volvió al dormitorio. «Nadie creía que fuera a llover tan temprano.» El coronel no hizo

---

[65] *erected a physical barrier in the neighbourhood.*
[66] *Then he went back to look for his wife.*

ningún comentario. Cuando sonó el toque de queda puso el reloj en las once, cerró el vidrio y colocó la silla en su puesto. Encontró a su mujer rezando el rosario.

—No me has contestado una pregunta —dijo el coronel.

—Cuál.

—¿Dónde estabas?

—Me quedé hablando por ahí —dijo ella—. Hacía tanto tiempo que no salía a la calle.

El coronel colgó la hamaca. Cerró la casa y fumigó la habitación. Luego puso la lámpara en el suelo y se acostó.

—Te comprendo —dijo tristemente—. Lo peor de la mala situación es que lo obliga a uno a decir mentiras.[67]

Ella exhaló un largo suspiro.

—Estaba donde el padre Ángel —dijo—. Fui a solicitarle un préstamo sobre los anillos de matrimonio.

—¿Y qué te dijo?

—Que es pecado negociar con las cosas sagradas.

Siguió hablando desde el mosquitero. «Hace dos días traté de vender el reloj», dijo. «A nadie le interesa porque están vendiendo a plazos unos relojes modernos con números luminosos. Se puede ver la hora en la oscuridad.» El coronel comprobó que cuarenta años de vida común, de hambre común, de sufrimientos comunes, no le habían bastado para conocer a su esposa. Sintió que algo había envejecido también en el amor.

—Tampoco quieren el cuadro —dijo ella—. Casi todo el mundo tiene el mismo. Estuve hasta donde los turcos.

El coronel se encontró amargo.

—De manera que ahora todo el mundo sabe que nos estamos muriendo de hambre.

—Estoy cansada —dijo la mujer—. Los hombres no se dan cuenta de los problemas de la casa. Varias veces he

[67] Endnote V.

puesto a hervir piedras para que los vecinos no sepan que tenemos muchos días de no poner la olla.

El coronel se sintió ofendido.

—Eso es una verdadera humillación —dijo.

La mujer abandonó el mosquitero y se dirigió a la hamaca. «Estoy dispuesta a acabar con los remilgos y las contemplaciones en esta casa», dijo. Su voz empezó a oscurecerse de cólera. «Estoy hasta la coronilla de resignación y dignidad.»[68]

El coronel no movió un músculo.

—Veinte años esperando los pajaritos de colores que te prometieron después de cada elección y de todo eso nos queda un hijo muerto —prosiguió ella—. Nada más que un hijo muerto.

El coronel estaba acostumbrado a esa clase de recriminaciones.

—Cumplimos con nuestro deber —dijo.

—Y ellos cumplieron con ganarse mil pesos mensuales en el senado durante veinte años —replicó la mujer—. Ahí tienes a mi compadre Sabas con una casa de dos pisos que no le alcanza para meter la plata, un hombre que llegó al pueblo vendiendo medicinas con una culebra enrollada en el pescuezo.

—Pero se está muriendo de diabetes —dijo el coronel.

—Y tú te estás muriendo de hambre —dijo la mujer—. Para que te convenzas que la dignidad no se come.

La interrumpió el relámpago. El trueno se despedazó en la calle, entró al dormitorio y pasó rodando por debajo de la cama como un tropel de piedras. La mujer saltó hacia el mosquitero en busca del rosario.

El coronel sonrió.

---

[68] *I have had enough of trying to be resigned and dignified.*

—Esto te pasa por no frenar la lengua[69] —dijo—. Siempre te he dicho que Dios es mi copartidario.

Pero en realidad se sentía amargado. Un momento después apagó la lámpara y se hundió a pensar en una oscuridad cuarteada por los relámpagos. Se acordó de Macondo. El coronel esperó diez años a que se cumplieran las promesas de Neerlandia. En el sopor de la siesta vio llegar un tren amarillo y polvoriento con hombres y mujeres y animales asfixiándose de calor, amontonados hasta en el techo de los vagones. Era la fiebre del banano. En veinticuatro horas transformaron el pueblo. «Me voy», dijo entonces el coronel. «El olor del banano me descompone los intestinos.» Y abandonó a Macondo en el tren de regreso, el miércoles veintisiete de junio de mil novecientos seis a las dos y dieciocho minutos de la tarde. Necesitó medio siglo para darse cuenta de que no había tenido un minuto de sosiego después de la rendición de Neerlandia.

Abrió los ojos.

—Entonces no hay que pensarlo más —dijo.

—Qué.

—La cuestión del gallo —dijo el coronel—. Mañana mismo se lo vendo a mi compadre Sabas por novecientos pesos.

---

[69] *Serves you right for not holding your tongue.*

A través de la ventana penetraron a la oficina los gemidos de los animales castrados revueltos con los gritos de don Sabas. «Si no viene dentro de diez minutos, me voy», se prometió el coronel, después de dos horas de espera. Pero esperó veinte minutos más. Se disponía a salir cuando don Sabas entró a la oficina seguido por un grupo de peones. Pasó varias veces frente al coronel sin mirarlo. Sólo lo descubrió cuando salieron los peones.

—¿Usted me está esperando, compadre?

—Sí, compadre —dijo el coronel—. Pero si está muy ocupado puedo venir más tarde.

Don Sabas no lo escuchó desde el otro lado de la puerta.

—Vuelvo en seguida —dijo.

Era un mediodía ardiente. La oficina resplandecía con la reverberación de la calle. Embotado por el calor, el coronel cerró los ojos involuntariamente y en seguida empezó a soñar con su mujer. La esposa de don Sabas entró de puntillas.

—No despierte, compadre —dijo—. Voy a cerrar las persianas porque esta oficina es un infierno.

El coronel la persiguió con una mirada completamente inconsciente. Ella habló en la penumbra cuando cerró la ventana.

—¿Usted sueña con frecuencia?

—A veces —respondió el coronel, avergonzado de haber dormido—. Casi siempre sueño que me enredo en telarañas.

—Yo tengo pesadillas todas las noches —dijo la mujer—. Ahora se me ha dado por saber quién es esa gente desconocida que uno se encuentra en los sueños.[70]

Conectó el ventilador eléctrico. «La semana pasada se me apareció una mujer en la cabecera de la cama», dijo.

---

[70] *Now I'm intent upon finding out who these strangers are whom I am always meeting in my dreams.*

«Tuve el valor de preguntarle quién era y ella me contestó:
Soy la mujer que murió hace doce años en este cuarto.»

—La casa fue construida hace apenas dos años —dijo el
coronel.

—Así es —dijo la mujer—. Eso quiere decir que hasta los
muertos se equivocan.

El zumbido del ventilador eléctrico consolidó la penumbra. El coronel se sintió impaciente, atormentado por
el sopor y por la bordoneante mujer que pasó directamente
de los sueños al misterio de la reencarnación. Esperaba una
pausa para despedirse cuando don Sabas entró a la oficina
con su capataz.

—Te he calentado la sopa cuatro veces —dijo la mujer.

—Si quieres caliéntala diez veces —dijo don Sabas—. Pero
ahora no me friegues la paciencia.

Abrió la caja de caudales y entregó a su capataz un rollo
de billetes junto con una serie de instrucciones. El capataz
descorrió las persianas para contar el dinero. Don Sabas vio
al coronel en el fondo de la oficina pero no reveló ninguna
reacción. Siguió conversando con el capataz. El coronel se
incorporó en el momento en que los dos hombres se
disponían a abandonar de nuevo la oficina. Don Sabas se
detuvo antes de abrir la puerta.

—¿Qué es lo que se le ofrece, compadre?

El coronel comprobó que el capataz lo miraba.

—Nada, compadre —dijo—. Que quisiera hablar con usted.

—Lo que sea dígamelo en seguida —dijo don Sabas—. No
puedo perder un minuto.

Permaneció en suspenso con la mano apoyada en el
pomo de la puerta. El coronel sintió pasar los cinco
segundos más largos de su vida. Apretó los dientes.

—Es para la cuestión del gallo —murmuró.

Entonces don Sabas acabó de abrir la puerta. «La
cuestión del gallo», repitió sonriendo, y empujó al capataz

hacia el corredor. «El mundo cayéndose y mi compadre pendiente de ese gallo.»[71]

Y luego, dirigiéndose al coronel:

—Muy bien, compadre. Vuelvo en seguida.

El coronel permaneció inmóvil en el centro de la oficina hasta cuando acabó de oír las pisadas de los dos hombres en el extremo del corredor. Después salió a caminar por el pueblo paralizado en la siesta dominical. No había nadie en la sastrería. El consultorio del médico estaba cerrado. Nadie vigilaba la mercancía expuesta en los almacenes de los sirios. El río era una lámina de acero. Un hombre dormía en el puerto sobre cuatro tambores de petróleo, el rostro protegido del sol por un sombrero. El coronel se dirigió a su casa con la certidumbre de ser la única cosa móvil en el pueblo.

La mujer lo esperaba con un almuerzo completo.

—Hice un fiado con la promesa de pagar mañana temprano —explicó.

Durante el almuerzo el coronel le contó los incidentes de las tres últimas horas. Ella lo escuchó impaciente.

—Lo que pasa es que a ti te falta carácter —dijo luego—. Te presentas como si fueras a pedir una limosna cuando debías llegar con la cabeza levantada y llamar aparte a mi compadre y decirle: «Compadre, he decidido venderle el gallo.»

Así la vida es un soplo[72] —dijo el coronel.

Ella asumió una actitud enérgica. Esa mañana había puesto la casa en orden y estaba vestida de una manera insólita, con los viejos zapatos de su marido, un delantal de hule y un trapo amarrado en la cabeza con dos nudos

---

[71] *The world is collapsing and all my friend can think about is his fighting cock* (lit. *dependent upon a fighting cock*).

[72] *Easier said than done* (lit. *Were it so, life would be a puff of ai*

en las orejas. «No tienes el menor sentido de los negocios», dijo. «Cuando se va a vender una cosa hay que poner la misma cara con que se va a comprar.»

El coronel descubrió algo divertido en su figura.

—Quédate así como estás —la interrumpió sonriendo—. Eres indéntica al hombrecito de la avena Quaker.[73]

Ella se quitó el trapo de la cabeza.

—Te estoy hablando en serio —dijo—. Ahora mismo llevo el gallo a mi compadre y te apuesto lo que quieras que regreso dentro de media hora con los novecientos pesos.

—Se te subieron los ceros a la cabeza[74] —djio el coronel—. Ya empiezas a jugar la plata del gallo.

Le costó trabajo disuadirla. Ella había dedicado la mañana a organizar mentalmente el programa de tres años sin la agonía de los viernes. Preparó la casa para recibir los novecientos pesos. Hizo una lista de las cosas esenciales de que carecían, sin olvidar un par de zapatos nuevos para el coronel. Destinó en el dormitorio un sitio para el espejo. La momentánea frustración de sus proyectos le produjo una confusa sensación de vergüenza y resentimiento.

Hizo una corta siesta. Cuando se incorporó, el coronel estaba sentado en el patio.

—Y ahora qué haces —preguntó ella.

—Estoy pensando —dijo el coronel.

—Entonces está resuelto el problema. Ya se podrá contar con esa plata dentro de cincuenta años.

Pero en realidad el coronel había decidido vender el gallo esa misma tarde. Pensó en don Sabas, solo en su oficina, preparándose frente al ventilador eléctrico para la inyección diaria. Tenía previstas sus respuestas.

[73] *You look just like the little man on a packet of Quaker oats* (a well-known cereal brand).

[74] *You are out of your mind* (lit. *The numbers have gone to your head*).

—Lleva el gallo —le recomendó su mujer al salir—. La cara del santo hace el milagro.[75]

El coronel se opuso. Ella lo persiguió hasta la puerta de la calle con una desesperante ansiedad.

—No importa que esté la tropa en su oficina —dijo—. Lo agarras por el brazo y no lo dejas moverse hasta que no te dé los novecientos pesos.

—Van a creer que estamos preparando un asalto.

Ella no le hizo caso.

—Acuérdate que tú eres el dueño del gallo —insistió—. Acuérdate que eres tú quien va a hacerle el favor.

—Bueno.

Don Sabas estaba con el médico en el dormitorio. «Aprovéchelo ahora, compadre», le dijo su esposa al coronel. «El doctor lo está preparando para viajar a la finca y no vuelve hasta el jueves.» El coronel se debatió entre dos fuerzas contrarias: a pesar de su determinación de vender el gallo quiso haber llegado una hora más tarde para no encontrar a don Sabas.

—Puedo esperar —dijo.

Pero la mujer insistió. Lo condujo al dormitorio donde estaba su marido sentado en la cama tronal, en calzoncillos, fijos en el médico los ojos sin color. El coronel esperó hasta cuando el médico calentó el tubo de vidrio con la orina del paciente, olfateó el vapor e hizo a don Sabas un signo aprobatorio.

—Habrá que fusilarlo —dijo el médico dirigiéndose al coronel—. La diabetes es demasiado lenta para acabar con los ricos.

«Ya usted ha hecho lo posible con sus malditas inyecciones de insulina», dijo don Sabas, y dio un salto sobre

[75] *Seeing is believing* (i.e. *Seeing the cock in the flesh will work the miracle.*

sus nalgas fláccidas. «Pero yo soy un clavo duro de morder.»
Y luego, hacia el coronel:

—Adelante, compadre. Cuando salí a buscarlo esta tarde
no encontré ni el sombrero.

—No lo uso para no tener que quitármelo delante de
nadie.

Don Sabas empezó a vestirse. El médico se metió en el
bolsillo del saco un tubo de cristal con una muestra de
sangre. Luego puso orden en el maletín. El coronel pensó
que se disponía a despedirse.

—Yo en su lugar le pasaría a mi compadre una cuenta de
cien mil pesos, doctor —dijo—. Así no estará tan ocupado.

—Ya le he propuesto el negocio, pero con un millón
—dijo el médico—. La pobreza es el mejor remedio contra
la diabetes.

«Gracias por la receta», dijo don Sabas tratando de
meter su vientre voluminoso en los pantalones de montar.
«Pero no la acepto para evitarle a usted la calamidad
de ser rico.» El médico vio sus propios dientes reflejados
en la cerradura niquelada del maletín. Miró su reloj sin
manifestar impaciencia. En el momento de ponerse las
botas don Sabas se dirigió al coronel intempestivamente.

—Bueno, compadre, qué es lo que pasa con el gallo.

El coronel se dio cuenta de que también el médico
estaba pendiente de su respuesta. Apretó los dientes.

—Nada, compadre —murmuró—. Que vengo a vendérselo.

Don Sabas acabó de ponerse las botas.

—Muy bien, compadre —dijo sin emoción—. Es la cosa
más sensata que se le podía ocurrir.

—Ya yo estoy muy viejo para estos enredos —se justificó
el coronel frente a la expresión impenetrable del médico—.
Si tuviera veinte años menos sería diferente.

—Usted siempre tendrá veinte años menos —replicó el
médico.

El coronel recuperó el aliento. Esperó a que don Sabas dijera algo más, pero no lo hizo. Se puso una chaqueta de cuero con cerradura de cremallera y se preparó para salir del dormitorio.

—Si quiere hablamos la semana entrante, compadre —dijo el coronel.

—Eso le iba a decir —dijo don Sabas—. Tengo un cliente que quizá le dé cuatrocientos pesos. Pero tenemos que esperar hasta el jueves.

—¿Cuánto? —preguntó el médico.

—Cuatrocientos pesos.

—Había oído decir que valía mucho más —dijo el médico.

—Usted me había hablado de novecientos pesos —dijo el coronel, amparado en la perplejidad del doctor—.[76] Es el mejor gallo de todo el Departamento.

Don Sabas respondió al médico.

«En otro tiempo cualquiera hubiera dado mil», explicó. «Pero ahora nadie se atreve a soltar un buen gallo. Siempre hay el riesgo de salir muerto a tiros de la gallera.» Se volvió hacia el coronel con una desolación aplicada:

—Eso fue lo que quise decirle, compadre.

El coronel aprobó con la cabeza.

—Bueno —dijo.

Los siguió por el corredor. El médico quedó en la sala requerido por la mujer de don Sabas que le pidió un remedio «para esas cosas que de pronto le dan a uno y que no se sabe qué es». El coronel lo esperó en la oficina. Don Sabas abrió la caja fuerte, se metió dinero en todos los bolsillos y extendió cuatro billetes al coronel.

—Ahí tiene sesenta pesos, compadre —dijo—. Cuando se venda el gallo arreglaremos cuentas.

---

[76] *Encouraged by* (lit. *protected by*) *the doctor's bewilderment.*

El coronel acompañó al médico a través de los bazares del puerto que empezaban a revivir con el fresco de la tarde. Una barcaza cargada de caña de azúcar descendía por el hilo de la corriente. El coronel encontró en el médico un hermetismo insólito.

—¿Y usted cómo está, doctor?

El médico se encogió de hombros.

—Regular —dijo—. Creo que estoy necesitando un médico.

—Es el invierno —dijo el coronel—. A mí me descompone los intestinos.

El médico lo examinó con una mirada absolutamente desprovista de interés profesional. Saludó sucesivamente a los sirios sentados a la puerta de sus almacenes. En la puerta del consultorio el coronel expuso su opinión sobre la venta del gallo.

—No podía hacer otra cosa —le explicó—. Ese animal se alimenta de carne humana.

—El único animal que se alimenta de carne humana es don Sabas —dijo el médico—. Estoy seguro de que revenderá el gallo por los novecientos pesos.

—¿Usted cree?

—Estoy seguro —dijo el médico—. Es un negocio tan redondo como su famoso pacto patriótico con el alcalde.

El coronel se resistió a creerlo. «Mi compadre hizo ese pacto para salvar el pellejo», dijo. «Por eso pudo quedarse en el pueblo.»

«Y por eso pudo comprar a mitad de precio los bienes de sus propios copartidarios que el alcalde expulsaba del pueblo», replicó el médico. Llamó a la puerta pues no encontró las llaves en los bolsillos. Luego se enfrentó a la incredulidad del coronel.

—No sea ingenuo —dijo—. A don Sabas le interesa la plata mucho más que su propio pellejo.

La esposa del coronel salió de compras esa noche. Él la

acompañó hasta los almacenes de los sirios rumiando las
revelaciones del médico.

—Busca en seguida a los muchachos y diles que el gallo
está vendido —le dijo ella—. No hay que dejarlos con la
ilusión.

—El gallo no estará vendido mientras no venga mi
compadre Sabas —respondió el coronel.

Encontró a Álvaro jugando ruleta en el salón de billares.
El establecimiento hervía en la noche del domingo. El
calor parecía más intenso a causa de las vibraciones del
radio a todo volumen.[77] El coronel se entretuvo con los
números de vivos colores pintados en un largo tapiz de
hule negro e iluminados por una linterna de petróleo
puesta sobre un cajón en el centro de la mesa. Álvaro se
obstinó en perder en el veintitrés.[78] Siguiendo el juego por
encima de su hombro el coronel observó que el once salió
cuatro veces en nueve vueltas.

—Apuesta al once —murmuró al oído de Álvaro—. Es el
que más sale.

Álvaro examinó el tapiz. No apostó en la vuelta siguiente.
Sacó dinero del bolsillo del pantalón, y con el dinero una
hoja de papel. Se la dio al coronel por debajo de la mesa.

—Es de Agustín —dijo.

El coronel guardó en el bolsillo la hoja clandestina.
Álvaro apostó fuerte al once.

—Empieza por poco —dijo el coronel.

«Puede ser una buena corazonada», replicó Álvaro. Un
grupo de jugadores vecinos retiró las apuestas de otros
números y apostaron al once cuando ya había empezado
a girar la enorme rueda de colores. El coronel se sintió

---

[77] *El radio.* Masculine gender is colloquial usage in parts of South
America.
[78] *Álvaro lost time and again on the twenty-three.*

oprimido. Por primera vez experimentó la fascinación, el sobresalto y la amargura del azar.

Salió el cinco.

—Lo siento —dijo el coronel avergonzado, y siguió con un irresistible sentimiento de culpa el rastrillo de madera que arrastró el dinero de Álvaro—. Esto me pasa por meterme en lo que no me importa.

Álvaro sonrió sin mirarlo.

—No se preocupe, coronel. Pruebe en el amor.[79]

De pronto se interrumpieron las trompetas del mambo. Los jugadores se dispersaron con las manos en alto. El coronel sintió a sus espaldas el crujido seco, articulado y frío de un fusil al ser montado.[80] Comprendió que había caído fatalmente en una batida de la policía con la hoja clandestina en el bolsillo. Dio media vuelta sin levantar las manos. Y entonces vio de cerca, por la primera vez en su vida, al hombre que disparó contra su hijo. Estaba exactamente frente a él con el cañón del fusil apuntando contra su vientre. Era pequeño, aindiado, de piel curtida, y exhalaba un tufo infantil. El coronel apretó los dientes y apartó suavemente con la punta de los dedos el cañón del fusil.

—Permiso —dijo.

Se enfrentó a unos pequeños y redondos ojos de murciélago. En un instante se sintió tragado por esos ojos, triturado, digerido e inmediatamente expulsado.

—Pase usted, coronel.

---

[79] *Try love* (reference to the proverb *Lucky at cards, unlucky in love*).

[80] *a cocked rifle.*

No necesitó abrir la ventana para identificar a diciembre. Lo descubrió en sus propios huesos cuando picaba en la cocina las frutas para el desayuno del gallo. Luego abrió la puerta y la visión del patio confirmó su intuición. Era un patio maravilloso, con la hierba y los árboles y el cuartito del excusado flotando en la claridad, a un milímetro sobre el nivel del suelo.

Su esposa permaneció en la cama hasta las nueve. Cuando apareció en la cocina ya el coronel había puesto orden en la casa y conversaba con los niños en torno al gallo. Ella tuvo que hacer un rodeo para llegar hasta la hornilla.

—Quítense del medio —gritó. Dirigió al animal una mirada sombría—. No veo la hora de salir de este pájaro de mal agüero.

El coronel examinó a través del gallo el humor de su esposa. Nada en él merecía rencor. Estaba listo para los entrenamientos. El cuello y los muslos pelados y cárdenos, la cresta rebanada, el animal había adquirido una figura escueta, un aire indefenso.

—Asómate a la ventana y olvídate del gallo —dijo el coronel cuando se fueron los niños—. En una mañana así dan ganas de sacarse un retrato.

Ella se asomó a la ventana pero su rostro no reveló ninguna emoción. «Me gustaría sembrar las rosas», dijo de regreso a la hornilla. El coronel colgó el espejo en el horcón para afeitarse.

—Si quieres sembrar las rosas, siémbralas —dijo.

Trató de acordar sus movimientos a los de la imagen.

—Se las comen los puercos —dijo ella.

—Mejor —dijo el coronel—. Deben ser muy buenos los puercos engordados con rosas.

Buscó a la mujer en el espejo y se dio cuenta de que continuaba con la misma expresión. Al resplandor del fuego su rostro parecía modelado en la materia de la hornilla. Sin advertirlo, fijos los ojos en ella, el coronel siguió afeitándose al tacto como lo había hecho durante muchos años. La mujer pensó, en un largo silencio.

—Es que no quiero sembrarlas —dijo.

—Bueno —dijo el coronel—. Entonces no las siembres.

Se sentía bien. Diciembre había marchitado la flora de sus vísceras. Sufrió una contrariedad esa mañana tratando de ponerse los zapatos nuevos. Pero después de intentarlo varias veces comprendió que era un esfuerzo inútil y se puso los botines de charol. Su esposa advirtió el cambio.

—Si no te pones los nuevos no acabarás de amansarlos nunca[81] —dijo.

Son zapatos de paralítico —protestó el coronel—. El calzado debían venderlo con un mes de uso.

Salió a la calle estimulado por el presentimiento de que esa tarde llegaría la carta. Como aún no era la hora de las lanchas esperó a don Sabas en su oficina. Pero le confirmaron que no llegaría sino el lunes. No se desesperó a pesar de que no había previsto ese contratiempo. «Tarde o temprano tiene que venir», se dijo, y se dirigió al puerto, en un instante prodigioso, hecho de una claridad todavía sin usar.[82]

—Todo el año debía ser diciembre —murmuró, sentado en el almacén del sirio Moisés—. Se siente uno como si fuera de vidrio.

---

[81] *You will never break them in.*

[82] *of sudden splendour* (lit. *a prodigious moment made of pristine luminosity*).

El sirio Moisés debió hacer un esfuerzo para traducir la idea a su árabe casi olvidado. Era un oriental plácido forrado hasta el cráneo en una piel lisa y estirada, con densos movimientos de ahogado. Parecía efectivamente salvado de las aguas.

—Así era antes —dijo—. Si ahora fuera lo mismo yo tendría ochocientos noventa y siete años. ¿Y tú?

«Setenta y cinco», dijo el coronel, persiguiendo con la mirada al administrador de correos. Sólo entonces descubrió el circo. Reconoció la carpa remendada en el techo de la lancha del correo entre un montón de objetos de colores. Por un instante perdió al administrador para buscar las fieras entre las cajas apelotonadas sobre las otras lanchas. No las encontró.

—Es un circo —dijo—. Es el primero que viene en diez años.

El sirio Moisés verificó la información. Habló a su mujer en una mezcolanza de árabe y español. Ella respondió desde la trastienda. Él hizo un comentario para sí mismo y luego tradujo su preocupación al coronel.

—Esconde el gato, coronel. Los muchachos se lo roban para vendérselo al circo.

El coronel se dispuso a seguir al administrador.

—No es un circo de fieras —dijo.

—No importa —replicó el sirio—. Los maromeros comen gatos para no romperse los huesos.[83]

Siguió al administrador a través de los bazares del puerto hasta la plaza. Allí lo sorprendió el turbulento clamor de la gallera. Alguien, al pasar, le dijo algo de su gallo. Sólo entonces recordó que era el día fijado para iniciar los entrenamientos.

Pasó de largo por la oficina de correos. Un momento

[83] Endnote W.

después estaba sumergido en la turbulenta atmósfera de la gallera. Vio su gallo en el centro de la pista, solo, indefenso, las espuelas envueltas en trapos, con algo de miedo evidente en el temblor de las patas. El adversario era un gallo triste y ceniciento.

El coronel no experimentó ninguna emoción. Fue una sucesión de asaltos iguales. Una instantánea trabazón de plumas y patas y pescuezos en el centro de una alborotada ovación. Despedido contra las tablas de la barrera el adversario daba una vuelta sobre sí mismo y regresaba al asalto. Su gallo no atacó. Rechazó cada asalto y volvió a caer exactamente en el mismo sitio. Pero ahora sus patas no temblaban.

Germán saltó la barrera, lo levantó con las dos manos y lo mostró al público de las graderías. Hubo una frenética explosión de aplausos y gritos. El coronel notó la desproporción entre el entusiasmo de la ovación y la intensidad del espectáculo. Le pareció una farsa a la cual —voluntaria y conscientemente— se prestaban también los gallos.[84]

Examinó la galería circular impulsado por una curiosidad un poco despreciativa. Una multitud exaltada se precipitó por las graderías hacia la pista. El coronel observó la confusión de rostros cálidos, ansiosos, terriblemente vivos. Era gente nueva. Toda la gente nueva del pueblo. Revivió —como en un presagio— un instante borrado en el horizonte de su memoria. Entonces saltó la barrera, se abrió paso a través de la multitud concentrada en el redondel y se enfrentó a los tranquilos ojos de Germán. Se miraron sin parpadear.

—Buenas tardes, coronel.

El coronel le quitó el gallo. «Buenas tardes», murmuró. Y no dijo nada más porque lo estremeció la caliente y

[84] Endnote X.

profunda palpitación del animal. Pensó que nunca había
tenido una cosa tan viva entre las manos.

—Usted no estaba en la casa —dijo Germán, perplejo.

Lo interrumpió una nueva ovación. El coronel se sintió
intimidado. Volvió a abrirse paso, sin mirar a nadie, aturdido por los aplausos y los gritos, y salió a la calle con el
gallo bajo el brazo.

Todo el pueblo —la gente de abajo—[85] salió a verlo pasar
seguido por los niños de la escuela. Un negro gigantesco
trepado en una mesa y con una culebra enrollada en el
cuello vendía medicinas sin licencia en una esquina de la
plaza. De regreso del puerto un grupo numeroso se había
detenido a escuchar su pregón. Pero cuando pasó el coronel
con el gallo la atención se desplazó hacia él. Nunca había
sido tan largo el camino de su casa.

No se arrepintió. Desde hacía mucho tiempo el pueblo
yacía en una especie de sopor, estragado por diez años de
historia. Esa tarde —otro viernes sin carta— la gente había
despertado. El coronel se acordó de otra época. Se vio a sí
mismo con su mujer y su hijo asistiendo bajo el paraguas a
un espectáculo que no fue interrumpido a pesar de la lluvia.
Se acordó de los dirigentes de su partido, escrupulosa-
mente peinados, abanicándose en el patio de su casa al
compás de la música. Revivió casi la dolorosa resonancia
del bombo en sus intestinos.

Cruzó por la calle paralela al río y también allí encontró
la tumultuosa muchedumbre de los remotos domingos
electorales. Observaban el descargue del circo. Desde el
interior de una tienda una mujer gritó algo relacionado con
el gallo. Él siguió absorto hasta su casa, todavía oyendo
voces dispersas, como si lo persiguieran los desperdicios
de la ovación de la gallera.

[85] *the poor people* (i.e. *from the slum quarters of the town*).

En la puerta se dirigió a los niños.

—Todos para su casa —dijo—. Al que entre lo saco a correazos.[86]

Puso la tranca y se dirigió directamente a la cocina. Su mujer salió asfixiándose del dormitorio.

«Se lo llevaron a la fuerza», gritó. «Les dije que el gallo no saldría de esta casa mientras yo estuviera viva.» El coronel amarró el gallo al soporte de la hornilla. Cambió el agua al tarro perseguido por la voz frenética de la mujer.

—Dijeron que se lo llevarían por encima de nuestros cadáveres —dijo—. Dijeron que el gallo no era nuestro sino de todo el pueblo.

Sólo cuando terminó con el gallo el coronel se enfrentó al rostro trastornado de su mujer. Descubrió sin asombro que no le producía remordimiento ni compasión.

«Hicieron bien», dijo calmadamente. Y luego, registrándose los bolsillos, agregó con una especie de insondable dulzura:

—El gallo no se vende.

Ella lo siguió hasta el dormitorio. Lo sintió completamente humano, pero inasible, como si lo estuviera viendo en la pantalla de un cine. El coronel extrajo del ropero un rollo de billetes, lo juntó al que tenía en los bolsillos, contó el total y lo guardó en el ropero.

—Ahí hay veintinueve pesos para devolvérselos a mi compadre Sabas —dijo—. El resto se le paga cuando venga la pensión.

—Y si no viene —preguntó la mujer.

—Vendrá.

—Pero si no viene.

—Pues entonces no se le paga.

Encontró los zapatos nuevos debajo de la cama. Volvió

---

[86] *Anyone who comes in will be driven out with a good whipping.*

al armario por la caja de cartón, limpió la suela con un
trapo y metió los zapatos en la caja, como los llevó su
esposa el domingo en la noche. Ella no se movió.

—Los zapatos se devuelven —dijo el coronel—. Son trece
pesos más para mi compadre.

—No los reciben —dijo ella.

—Tienen que recibirlos —replicó el coronel—. Sólo me
los he puesto dos veces.

—Los turcos no entienden de esas cosas —dijo la mujer.

—Tienen que entender.

—Y si no entienden.

—Pues entonces que no entiendan.

Se acostaron sin comer. El coronel esperó a que su
esposa terminara el rosario para apagar la lámpara. Pero no
pudo dormir. Oyó las campanas de la censura cinematográfica, y casi en seguida —tres horas después— el toque de
queda. La pedregosa respiración de la mujer se hizo angustiosa con el aire helado de la madrugada. El coronel tenía
aún los ojos abiertos cuando ella habló con una voz reposada,
conciliatoria.

—Estás despierto.

—Sí.

—Trata de entrar en razón —dijo la mujer—. Habla
mañana con mi compadre Sabas.

—No viene hasta el lunes.

—Mejor —dijo la mujer—. Así tendrás tres días para
recapacitar.

—No hay nada que recapacitar —dijo el coronel.

El viscoso aire de octubre había sido sustituido por una
frescura apacible. El coronel volvió a reconocer a diciembre
en el horario de los alcaravanes. Cuando dieron las dos
todavía no había podido dormir. Pero sabía que su mujer
también estaba despierta. Trató de cambiar de posición en
la hamaca.

—Estás desvelado —dijo la mujer.

—Sí.

Ella pensó un momento.

—No estamos en condiciones de hacer esto —dijo—. Ponte a pensar cuántos son cuatrocientos pesos juntos.

—Ya falta poco para que venga la pensión —dijo el coronel.

—Estás diciendo lo mismo desde hace quince años.

—Por eso —dijo el coronel—. Ya no puede demorar mucho más.

Ella hizo un silencio. Pero cuando volvió a hablar, al coronel le pareció que el tiempo no había transcurrido.

—Tengo la impresión de que esa plata no llegará nunca —dijo la mujer.

—Llegará.

—Y si no llega.

Él no encontró la voz para responder. Al primer canto del gallo tropezó con la realidad, pero volvió a hundirse en un sueño denso, seguro, sin remordimientos. Cuando despertó ya el sol estaba alto. Su mujer dormía. El coronel repitió metódicamente, con dos horas de retraso, sus movimientos matinales, y esperó a su esposa para desayunar.

Ella se levantó impenetrable. Se dieron los buenos días y se sentaron a desayunar en silencio. El coronel sorbió una taza de café negro acompañada con un pedazo de queso y un pan de dulce. Pasó toda la mañana en la sastrería. A la una volvió a la casa y encontró a su mujer remendando entre las begonias.

—Es hora de almuerzo —dijo.

—No hay almuerzo —dijo la mujer.

Él se encogió de hombros. Trató de tapar los portillos de la cerca del patio para evitar que los niños entraran a la cocina. Cuando regresó al corredor la mesa estaba servida. En el curso del almuerzo el coronel comprendió que su

esposa se estaba forzando para no llorar. Esa certidumbre
lo alarmó. Conocía el carácter de su mujer, naturalmente
duro, y endurecido todavía más por cuarenta años de
amargura. La muerte de su hijo no le arrancó una lágrima.

Fijó directamente en sus ojos una mirada de reprobación.
Ella se mordió los labios, se secó los párpados con la manga
y siguió almorzando.

—Eres un desconsiderado —dijo.

El coronel no habló.

«Eres caprichoso, terco y desconsiderado», repitió ella.
Cruzó los cubiertos sobre el plato, pero en seguida rectificó
supersticiosamente la posición. «Toda una vida comiendo
tierra para que ahora resulte que merezco menos consideración que un gallo.»

—Es distinto —dijo el coronel.

—Es lo mismo —replicó la mujer—. Debías darte cuenta
de que me estoy muriendo, que esto que tengo no es una
enfermedad sino una agonía.

El coronel no habló hasta cuando no terminó de
almorzar.

—Si el doctor me garantiza que vendiendo el gallo se te
quita el asma, lo vendo en seguida —dijo—. Pero si no, no.

Esa tarde llevó el gallo a la gallera. De regreso encontró
a su esposa al borde de la crisis. Se paseaba a lo largo del
corredor, el cabello suelto a la espalda, los brazos abiertos,
buscando el aire por encima del silbido de sus pulmones.
Allí estuvo hasta la prima noche. Luego se acostó sin
dirigirse a su marido.[87]

Masticó oraciones hasta un poco después del toque de
queda. Entonces, el coronel se dispuso a apagar la lámpara.
Pero ella se opuso.

----

[87] *without speaking to her husband.*

—No quiero morirme en las tinieblas —dijo.

El coronel dejó la lámpara en el suelo. Empezaba a sentirse agotado. Tenía deseos de olvidarse de todo, de dormir de un tirón cuarenta y cuatro días y despertar el veinte de enero a las tres de la tarde, en la gallera y en el momento exacto de soltar el gallo. Pero se sabía amenazado por la vigilia de la mujer.

«Es la misma historia de siempre», comenzó ella un momento después. «Nosotros ponemos el hambre para que coman los otros.[88] Es la misma historia desde hace cuarenta años.»

El coronel guardó silencio hasta cuando su esposa hizo una pausa para preguntarle si estaba despierto. Él respondió que sí. La mujer continuó en un tono liso, fluyente, implacable.

—Todo el mundo ganará con el gallo, menos nosotros. Somos los únicos que no tenemos ni un centavo para apostar.

—El dueño del gallo tiene derecho a un veinte por ciento.

—También tenías derecho a que te dieran un puesto cuando te ponían a romperte el cuero en las elecciones —replicó la mujer—. También tenías derecho a tu pensión de veterano después de exponer el pellejo en la guerra civil. Ahora todo el mundo tiene su vida asegurada y tú estás muerto de hambre, completamente solo.

—No estoy solo —dijo el coronel.

Trató de explicar algo pero lo venció el sueño. Ella siguió hablando sordamente hasta cuando se dio cuenta de que su esposo dormía. Entonces salió del mosquitero y se paseó por la sala en tinieblas. Allí siguió hablando. El coronel la llamó en la madrugada.

Ella apareció en la puerta, espectral, iluminada desde

---

[88] *We starve ourselves so that others may eat.*

abajo por la lámpara casi extinguida. La apagó antes de entrar al mosquitero. Pero siguió hablando.

—Vamos a hacer una cosa —la interrumpió el coronel.

—Lo único que se puede hacer es vender el gallo —dijo la mujer.

—También se puede vender el reloj.

—No lo compran.

—Mañana trataré de que Álvaro me dé los cuarenta pesos.

—No te los da.

—Entonces se vende el cuadro.

Cuando la mujer volvió a hablar estaba otra vez fuera del mosquitero. El coronel percibió su respiración impregnada de hierbas medicinales.

—No lo compran —dijo.

—Ya veremos —dijo el coronel suavemente, sin un rastro de alteración en la voz—. Ahora duérmete. Si mañana no se puede vender nada, se pensará en otra cosa.

Trató de tener los ojos abiertos, pero lo quebrantó el sueño. Cayó hasta el fondo de una substancia sin tiempo y sin espacio, donde las palabras de su mujer tenían un significado diferente. Pero un instante después se sintió sacudido por el hombro.

—Contéstame.

El coronel no supo si había oído esa palabra antes o después del sueño. Estaba amaneciendo. La ventana se recortaba en la claridad verde del domingo. Pensó que tenía fiebre. Le ardían los ojos y tuvo que hacer un gran esfuerzo para recobrar la lucidez.

—Qué se puede hacer si no se puede vender nada —repitió la mujer.

—Entonces ya será veinte de enero —dijo el coronel, perfectamente consciente—. El veinte por ciento lo pagan esa misma tarde.

—Si el gallo gana —dijo la mujer—. Pero si pierde. No se te ha ocurrido que el gallo puede perder.

—Es un gallo que no puede perder.

—Pero supónte que pierda.

—Todavía faltan cuarenta y cinco días para empezar a pensar en eso —dijo el coronel.

La mujer se desesperó.

«Y mientras tanto qué comemos», preguntó, y agarró al coronel por el cuello de la franela. Lo sacudió con energía.

—Dime, qué comemos.

El coronel necesitó setenta y cinco años —los setenta y cinco años de su vida, minuto a minuto— para llegar a ese instante. Se sintió puro, explícito, invencible, en el momento de responder:

—Mierda.

París, enero de 1957.

FIN

ENDNOTES

A. *El coronel destapó . . . las pocas cosas que llegaban.* The opening paragraphs of the novel offer rewarding material for detailed stylistic analysis. Worth noting are the author's preference for compact sentences, strong verbal structures, and tense, dynamic rhythms. The descriptive narrative is enhanced by precise images with few adjectives or adverbs.

The old colonel's circumstances and basic traits of character are clearly delineated from the outset. The simple actions of scraping out the last grains of coffee and waiting for the water to boil expand almost immediately into perceptions of the constant scraping to make ends meet on diminished resources and a lifetime of waiting for his war pension. The colonel's dire poverty and physical malaise as October returns with its extremes of dampness and heat are matched by a grim determination to cope with the uncertainties of each successive day and to go on surviving.

The bleak realism of this opening episode is offset by the author's imaginative choice of vocabulary and subtle juxtapositions, e.g. the associations of despair and bitterness provoked by *las últimas raspaduras del polvo de café revueltas con óxido de lata*; the colonel's seemingly passive yet unshakable *actitud de confiada e inocente expectativa*; the terrifying physical and mental states engendered by the unbearable climate, *el coronel experimentó la sensación de que nacían hongos y lírios venenosos en sus tripas*; and the ingenious choice of the verb *sortear* with its wealth of connotations (= to artfully avoid, circumvent, or overcome obstacles and difficulties fraught with danger or compromise).

B. . . . *el cuadro de una mujer entre tules rodeada de amorines en una barca cargada de rosas, the picture of a woman, swathed in tulle and surrounded by cupids in a barge laden with roses.* The idealized picture of a beautiful woman captured in a mood of triumph and perfection might be accepted either as religious or secular depending upon whether one translates *amorines* as cupids or cherubs. The main point of interest, however, is the contrast between the serene harmony of the picture and the bleak squalor of the colonel's dwelling — also between the composure and happiness of the woman depicted and the sad physical and emotional state of the colonel's wife.

C. *Es el primer muerto de muerte natural que tenemos en muchos años*. Stated with pointed humour, this observation by the colonel shows just how much the author succeeds in revealing indirectly about the town's long history of political strife in one brief sentence. The jocular tone also betrays the indifference and resignation that creeps in among the town's inhabitants as death and destruction become a way of life.

D. *Pero no lo reconoció . . . en las manos, But he did not recognise him because he was hard and dynamic and seemed as disconcerted as the colonel himself, wrapped in a white shroud and holding his bugle.* Several critics have pointed out the local custom of burying the dead with their prized possessions or the symbols of their profession. Less easy to explain is the author's use of the adjective *dinámico* in this context, although it could be argued that death is never seen as an abrupt or conclusive process in the novel and the presence of the dead continues to be felt as something active and tangible long after they have lost their corporeal form.

E. *Era don Sabas . . . en el pueblo.* This special relationship between the dead Agustín and Don Sabas as his godfather helps to explain why the colonel continues to befriend the old miser whose political treachery and corrupt methods of self-enrichment are common knowledge. The fact that Don Sabas has not been brought to justice also suggests that unholy alliances and secret pacts continue to operate in the town.

F. *El coronel levantó la vista. Vio al alcalde en el balcón del cuartel en una actitud discursiva. The colonel looked up. He saw the mayor on the balcony of the barracks in a thoughtful attitude* (i.e. posing dramatically as if he were about to make a speech). The mayor provides the clearest example of caricature in the novel. His scruffy appearance and moral cowardice are at complete variance with his protestations of authority and ridiculous posturings.

G. *No esperaba nada. . . Yo no tengo quien me escriba.* A central moment of pathos from which the novel's title is derived. The word *nada* recurs with dispiriting finality throughout the text. As disappointment follows upon disappointment, the colonel betrays his childlike nature. His naive optimism and touching sincerity strike a protective chord in those close to him and, by extension, in the reader.

H. *Es difícil leer entre líneas lo que permite publicar la censura.* The extreme severity of the political repression in force is consistently mitigated throughout the novel with ironic observations. The witty comments of characters like the colonel and the doctor reveal how human beings learn to adjust to the most hopeless situations.

I. *'El ángel del señor anunció a María'* (Lat. *'Angelus domini nuntiavit Mariae'*), *'The angel of the Lord announced unto Mary'*. The opening words of the Angelus – a devotional exercise commemorating the Incarnation, in which the Angel Gabriel's salutation is repeated three times. Traditionally recited by Roman Catholics, at morning, noon and sunset, at the sound of church bells. Nowadays, mainly observed by members of the religious orders.

J. *'El gallo es un animal . . . le obligó a reflexionar.'* The mere fact that the colonel can silence his wife with as much as a glance betrays the underlying strength and authority of the colonel, whose naive optimism and patient resignation might easily be interpreted as weakness.

K. *'Este es el milagro de la multiplicación de los panes.'* Reference to the miracle of the multiplication of the loaves (Matthew, XIV, 15–20).

L. *Misa cantada.* Solemn Mass pertaining to Roman Catholic Liturgy. Salient parts of the mass are sung by the celebrant and choir. Consequently, a service of considerable duration and an apt metaphor to describe his wife's lengthy toilet.

M. *La humanidad no progresa de balde, Humanity does not progress without some cost.* A striking example of the author's frequent recourse to understatement when one considers the ponderous progress of political and social life in the Colombian provinces after a century of bloodshed and wholesale destruction.

N. *Para los europeos . . . No entienden el problema.* This isolated note of criticism of European attitudes to Latin American affairs highlights with sarcasm and restrained anger the lamentable ignorance and even contempt which have hindered understanding between Europe and the New World.

O. *Nada sacamos con que nos la metan en el cajón como a los indios, What good is money to us after we're dead* (lit. *We get nothing out of it if they put [the money] in our coffin as they do with the Indians*). Reference to the ancient Indian custom of burying the dead with their money and possessions.

P. Given the colonel's pride in the fact that Agustín was a hard-working young man all his life, the reader might be tempted to enquire why the colonel himself appears to have remained unemployed for the last fifty years. García Márquez provides no evidence of the colonel having worked since leaving the army in 1906 nor does he attempt to explain this long period of (presumably enforced) inactivity. There are a number of possible explanations here. The author might be suggesting that: (*a*) the old man barely survived by doing odd jobs around the town; (*b*) the veterans of the Liberal campaign were branded as political enemies and automatically excluded from civilian posts; (*c*) the soldier only knows how to fight and is totally unsuited to any other form of employment; (*d*) the old colonel is perversely determined to secure his pension or die of starvation; (*e*) the colonel is ill and unable to work.

Whatever the implications here, it is important to note that in the provincial areas of the poorer Latin American countries where unemployment is widespread and expectations low, early retirement is quite common.

Q. *Le advertí . . . nos vamos a podrir de plata, I warned him not to go looking for bad luck at the cock-pits and he bared his teeth, and snapped at me, saying, 'Shut your mouth, this evening we shall be filthy rich'* (lit. *we'll be rotting with money*). A vivid reconstruction by the colonel's wife of her son's last words reveals the aggression and fanaticism with which the inhabitants of the town live out their squalid lives. There is, too, a strange paradox in Agustín's promise of wealth since his death only brings even greater hardship for the colonel and his wife.

R. *Sus ojos tropezaron . . . dentro de sus propios pulmones.* Such is the intimacy between the colonel and his wife that they even identify with each other's physical sufferings.

S. *Es como andar cargando el santo sepulcro, It's like going around carrying the Holy Sepulchre.* Originally the cave in which Jesus Christ was buried outside the walls of Jerusalem. Also a permanent or temporary structure prepared in a church for the symbolic burial of the reserved Sacrament. Sometimes also refers to the Cross carried in procession during the Holy Week ceremonies. Hence the colonel's reference to the burden inflicted by the weight of the clock he takes to be mended.

T. *Rafael Escalona*, a popular singer of the period who writes his own lyrics in the so-called 'Caribbean style'. His political songs draw their inspiration from contemporary events and comment somewhat satirically on the state of the nation.

U. *El alemán le arranca diez pesos y se lo deja lo mismo, The*

German will get ten pesos out of you and leave your clock exactly the same (i.e. broken and unmended). Germán's disparaging comment about the German clock-maker reflects the general attitude of unreasonable prejudice and mistrust whenever foreigners are discussed by the town's inhabitants. Strangers who penetrate this incestuous community fail to gain trust or tolerance, however valuable their contribution, even after years of residence.

V. *Lo peor de la mala situación es que lo obliga a uno a decir mentiras.* The colonel sees this threat to one's integrity as the final outrage. His bitter observation also stresses how material and physical consequences of poverty soon lead to moral degradation as one's scruples and sense of pride become eroded.

W. *Los maromeros comen gatos para no romperse los huesos,* Acrobats eat cats in order not to break their bones. Another example of the far-fetched beliefs and suspicions of the town's inhabitants who think the worst of anyone different from themselves.

X. *El coronel notó la desproporción . . . los gallos.* The sad farce of existence as probed by García Márquez encompasses all categories —men, animals, objects and nature alike.

A SELECTED VOCABULARY

The following have in general been omitted from the vocabulary:

1. words that a sixth-former can reasonably be expected to know with all meanings relevant to the text (e.g. **esperar**, *to hope, wait*; **paciencia**, *patience*; **temblar**, *to tremble*; but NOT **presenciar**, *to watch, witness*; **vaso**, *glass*; **reposado**, *calm*);

2. words that are similar in form and relevant meaning to the English (e.g. **realidad**, *reality*; **estimular**, *to stimulate*; **nervioso**, *nervous*; but NOT **propaganda**, *advertisement*; **elástico**, *supple*; **celebrar**, *to applaud*; **reverberante**, *shimmering*);

3. words whose meaning can be inferred from a combination of form and context (e.g. **mercancía**, *goods, merchandise*; **permanecer**, *to remain*; **perseguir**, *to follow, pursue*; **certidumbre**, *certainty*);

4. words that are dealt with in footnotes or endnotes. The meanings given are those most helpful for a literal translation in the relevant context.

The relatively few terms of Spanish American origin or usage in the text are clearly indicated.

abanicarse, to fan oneself
abanico, fan
abogado, lawyer
abrasante, burning hot, parching
absorto, pensive, lost in thought
acampado, encamped
acero, steel
aciago, ill-fated
acodado, leaning on one's elbows
acontecimiento, event
acordar, to harmonize; agree; approve; **-se**, to remember
acorde, chord (musical)
acosado, besieged, pursued
acribillado, shot down, riddled with bullets
actualidad, present time
acuchillado, squatting
acuerdo: estar de —, to agree

adolorido, painful
advertencia, warning, advice
afeitarse, to shave
agarrar, to grasp, seize
agonizar, to agonize, be dying
agotado, exhausted, worn out
agregar, to add
aguacero, rainstorm, shower
agudizado, sharpened, stimulated
agüero, omen
ahogado, suffocated, smothered
ahorrar, to save, economize
aindiado, Indian-like in features or complexion
ajustar, to fit
alabanza, praise
alambre, wire
alarido, shout, yell
alborotado, agitated, excited

alcanzar, to reach, to suffice

alcaraván, long-legged bird with dun-coloured plumage and white markings

alcoba, bedroom

alhucema, lavender

alimenticio, nutritional

almacén, store, warehouse

almendro, almond tree

almíbar, syrup

almohada, pillow

alrededores, vicinity, surroundings, outskirts

altarcillo (*dim.* **altar**), altar

altavoz, loudspeaker

alterarse, to change one's expression

amansar, to break in, tame

amargura, bitterness

amarrar, to tie, bind

amenazar, to threaten

amoniacal, *adj. form* of ammonia

amparado, protected, sheltered

anclado, anchored

andén, track, platform

anguloso, angular

anhelo, longing, urge

anudado, tied, knotted

anular, to cancel, make void

apacible, mild, gentle, peaceful

apaciguar, to pacify; **-se,** to calm down

apagar, to extinguish, put out; **-se,** to die out

apelotonado, piled up

aplicado, attentive, studied, concentrated

apostar, to bet; — **fuerte,** to bet heavily

apoyo, support

apremio, urgency

apretar, to squeeze, press; — **los dientes,** to clench one's teeth

aprobar, to approve

aprobatorio, approving

aprovechar, to take advantage of, profit

apurarse, to hurry

apuro, hurry, haste; want, scrape

ardiente, burning hot, fiery

árido, arid, barren, dried up, emaciated

armario, cupboard, wardrobe

articulación, joint

arrancar, to uproot, wrench; obtain by threats

arreglar, to settle; **-se,** to sort oneself out; — **cuentas,** to settle accounts

asilo, refuge, asylum

asomarse, to appear, lean out

asombro, surprise, astonishment, wonder

asombroso, astonishing, astounding

ataúd, coffin

atracar, to dock

aturdido, stunned

aullido, howl

ausente, distracted, absent-minded

auxilios de viaje, travel allowances

avergonzado, ashamed

aviso, notice, announcement

babucha, slipper

bacinete, lavatory pan

baldosa, tile, paving stone

barcaza, barge

barraca, market stall

barrio, neighbourhood, district; **los barrios bajos,** city slums, working-class districts

barro, clay; — **cocido,** baked clay

bartola: a la —, without a care, at one's ease

basura, rubbish, garbage

batida, raid; — **de la policía,** police raid

baúl, trunk

betún, tar, asphalt

bilis, bile

billares, billiards

bloc, writing block or pad

bobo, foolish, silly

bolita (*dim.* **bola**), ball; — **de naftalina,** mothballs

bomba, pump, spray; — **de insecticida,** insect-spray

bombo, drum

bordoneante, buzzing

borrado, erased, obliterated

borrón, blot, smudge

botar(se), to throw, cast oneself

botines, boots

bronce, bronze, bell; — **roto,** cracked bell

bufar, to pant, huff and puff

caer: -se, to fall apart, collapse; — **a pedazos,** to disintegrate, fall to pieces

cadáver, corpse

caja: — **blindada;** — **fuerte;** — **de caudales,** strong-box, safe; — **tapada,** sealed coffin

cajón, box, coffin; — **de la basura,** rubbish box, bin

cal, whitewash, lime

cálido, hot, flushed with emotion

callejón, alley, passageway

calzoncillos, underpants

campanada, ringing, pealing of a bell

canción, song; — **de moda,** song currently popular

caña de azúcar, sugar-cane

cañón, gun-barrel, quill

capataz, foreman

carate, brown spot (on the skin)

carcajada, outburst of laughter

cárdeno, purple

carecer, to lack, need

carpa (*Sp. Am.*), circus tent, awning

carraspear, to cough, clear one's throat

carrito (*dim.* **carro**), cart

cartílago, cartilage

cartón, cardboard; — **de propaganda,** poster, advertisement

casilla, post office box

catre, camp-bed, bunk

ceiba, silk-cotton tree

ceniciento, ashen, ash-coloured

cepillar, to brush, plane

cerca, fence

cerda, bristle

cerradura, lock, latch

cigarra, cicada, grasshopper

circunscripción, district, area, zone

clarín, trumpet, bugle

clavado, nailed

clave, key, clue

cobre, copper, brass instrument; **de —,** copper coloured

cofre, chest, trunk; — **de madera,** wooden chest

colgar, to hang (up), suspend

colmillo, canine tooth, fang

compadre, friend, godfather of one's child

compás, beat, rhythm

compartir, to share, divide

componer, to fix, repair, mend

comprometerse, to commit oneself

confiado, trusting, confiding

congestionado, flushed, congested

contemplación, consideration, care

contraloría (*Sp. Am.*), accounts office

contrariedad, vexation, annoyance

contratiempo, setback, mishap

convencerse, to convince oneself

conversar, to converse; — **a gritos,** to converse in a loud voice

copartidario, co-partisan, fellow guerrilla

corazonada, presentiment, hunch

cornetín (*dim.* **corneta**), bugle, cornet

corral, pen, enclosure

correa, leather strap, belt

correazo, belt lash, whipping

corredizo, loose, slack, unknotted

corresponder, to correspond, belong to; — **a uno,** to be up to someone

cortar: — **en trozos,** to cut into pieces

cortejo, procession, funeral cortège

costumbre: contrariar su —, to act contrary to one's habit

costura, stitching

cremallera, zip fastener

crepitación, crackling; — **de la lluvia,** drumming of the rain

cresta, cockscomb, crest

cristal, glass

crujido, crack, click

cuaderno: — **de contabilidad,** accounting ledger

cuadrado, squared

cuarteado, divided, split up, splintered

cuartel, barracks

cubo, pail, bucket

cuchicheo, whispering, murmuring; **minucioso** —, quiet whispering, murmuring

cuello, collar, neck; — **postizo,** detachable collar

cuerda, cord, rope; **dar** —, to wind (a clock)

cuerno, horn

cuero, skin, hide, leather; **romperse el** —, to break one's back

cuidado, care; *interj.* be careful; **-se,** to take care of oneself

culebra, snake

cumplir, to fulfil, accomplish

curtido, weathered, tanned

charco, puddle

charol, patent leather

chorro, jet, flood, stream

debatirse, to debate with oneself

defraudar, to fraud, cheat, betray

delantal, apron

delirar, to be delirious

demolido, demolished, defeated, exhausted

demorar, to delay, linger

departamento, province
derecho, right, law; — **adquirido,** established right
desajustar, to put out of order (joint)
desandar, to retrace (one's steps)
desatar, to untie
desazón, disquiet, uneasiness
desbordar, to overflow
descargue, unloading
descolgar, to unhook, take down
descomponer, to undo; **-se,** to break down, be upset
desconchado, flaked, peeled
desconocido, *n.* stranger; *adj.* unknown
desconsiderado, inconsiderate
descorrer, to draw (open)
descuidar, to neglect
desembocar, to come out, empty (river)
desenredar, to untangle
desesperante, exasperating
desgajar(se), to break loose, break
desgarrar, to tear open, claw
desgraciado, unfortunate
despacho, office, study
despedazarse, to break, shatter into pieces
desperdicios, refuse, remains
desplazar, to displace, shift
desportillado, splintered
despreciativo, disdainful, scornful
desprender(se), to loosen, work loose
destacado, prominent, out-standing; **noticia —,** headline
destapar, to take the lid off, uncover, open

destinatario, addressee
destripar, to squash, disembowel
destrozo, debris, destruction
desvelado, sleepless
detener(se), to stop, hold
devolver, to return, give back
diligencias, (legal) transactions
dineral, fortune, large sum of money
dirigente, leader
disfrazado, disguised
disparate, nonsense; **decir disparates,** to talk nonsense
disponerse, to prepare, get ready to
disuelto, dissolved
doble, the tolling of a funeral bell
doblegar, to bend, subdue
dorado, gilded, gilt, gold
dormir: — **de un tirón,** to sleep uninterruptedly
dormitorio, bedroom
dril, denim
dulzura, sweetness

elástico, elastic, flexible, supple
embotado, stupefied
embrollarse, to become embroiled
embutido, packed tight, stuffed
empezar, to begin, break or ring out
emplumar, to moult, shed feathers
empotrado, built in, embedded
empujar, to push
encargado, ordered
encerado, waxed
encogerse de hombros, to shrug one's shoulders
encontrarse con, to meet, encounter, come face to face with

endulzar, to sweeten
enrarecido, rarefied
enrazar, to breed
enredo, tangle, complicated situation
enrollar, to roll, coil
entender(se), to come to an understanding, agreement
enterrar, to bury
entierro, burial, funeral
entrenamiento, training
entretener(se), to entertain, amuse, linger
envejecido, grown old
envenenar, to poison
envés, back, the reverse side
envoltorio, bundle
envolverse, to wrap oneself up
escalafón, register
escampar, to clear up, stop raining
escaparate, display cabinet
escopeta, rifle
escuálido, squalid, skinny, scraggy
escueto, bare, austere
esmalte, enamel
espantar, to frighten, shoo away
espina dorsal, spine
espuela, spur
espuma, foam
estallar, to explode, burst out
estanque, pool
estera, mat
estirar, to stretch, spread
estragado, ravaged, physically ruined
estrecho, narrow
estremecer, to shudder
estremecimiento, shiver, shudder, trembling

exaltado, excited, agitated
excitar, to excite; **-se**, to become aroused, to lose one's temper
excusado, water-closet
expectativa, anticipation
extenuado, exhausted

fachada, façade
favorecer, to facilitate
fechado, dated
fiado, credit; **hacer un —**, to make a deal or transaction on credit
fiebre, fever
fiera, beast, wild animal
fijarse, to pay attention, notice
finca, country-house, ranch
fluyente, fluid, fluent
fogón, stove
fondos, funds, money
forjado, forged, wrought
formol, formaldehyde
formulario, prescription book, pad
forro, lining
forrado, lined, covered, upholstered
forzar, to force; **-se**, to make an effort
fosa, hole in the ground, grave; **— nasal**, nostril
franela, flannel
frasco, flask, vial
fregar, to rub, nag, annoy; **— la paciencia**, to try someone's patience
frenar, to brake, hold back; **— la lengua**, to curb one's tongue
fuelle, bellows
fugado, fugitive, runaway
funcionario, official, functionary

fundir(se), to melt
fusilar, to shoot

galería, balcony, gallery, corridor
gallera, cock fighting arena
gallinazo, buzzard
gallo, rooster, cock; — **de pelea**, fighting cock
gana: darse la —, to desire, want; **tener ganas de**, to feel like, to have the urge to
ganar, to earn, win
garabato, scrawl
gastar, to spend, use up; **-se**, to wear out
gemido, groan, moan
género, cloth, material
gestión, step, measure, negotiation
goma, glue, rubber
gotera, leak
gradería, stand
grano, grain
guardar, to guard, keep, put away

habichuela, kidney bean
hablar a solas, to speak alone, in private
hamaca, hammock
hálito, breath, aura
hebilla, buckle, clasp
hebra, yarn, strand
helecho, fern
herencia, inheritance
hervir, to boil
hierro, iron
hígado, liver
hilo, thread
hinchado, swollen
hipotecado, mortgaged

hoja, leaf, sheet
hojear, leaf through
hongo, fungus
horcón (*Sp. Am.*), forked prop, post, pole
hornilla, oven
huérfano, orphan
hueso, bone; — **del muslo**, thigh bone
hule, oilcloth
húmedo, humid, moist, damp
hundir(se), to submerge, sink, bury

impenetrable, uncommunicative, self-absorbed
impermeable, raincoat
impreso, printed
impulsado, impelled
inasible, beyond reach
incorporarse, to sit up in bed, straighten up
insólito, strange, unusual
insondable, unfathomable
intachable, immaculate, spotless, irreproachable
intempestivamente, inopportunely
intendente, quartermaster, superintendent

jeringuilla, syringe
jubilación, pension, retirement

labrado, carved
lacrado, sealed (with wax)
lado, side; **hacer de —**, to draw aside
lámina, sheet (metal); picture, print

lana, wool

lancha, launch, boat

lanzar, to throw, launch

lata, tin, can

lavanda (*gallicism*), lavender

lazo, lace, cord

lengüeta, strap, tab

letrero, poster, sign

limosna, alms

linterna, lantern; — **de petróleo**, paraffin lamp

lirio, lily

liso, smooth, thin, bare

listo, ready

litografía, lithograph, print, picture

lograr, to achieve, succeed, accomplish

lomo, back (of an animal)

lunar, spot, stain, blemish

llamada, asterisk

llevar, to take, carry; — **a la fuerza**, to carry off by force

llovizna, drizzle

maíz, maize

maldito, cursed, damned

malestar, indisposition, discomfort

maletín, case, bag

mambo, Latin American dance rhythm

manchado, stained, spotted

manga, sleeve

maniobra, manoeuvre

manta, blanket

marchitar, to wilt, wither

marco, frame; — **de la puerta**, door frame; — **de madera labrada**, carved wooden frame

mazamorra de maíz (*Sp. Am.*), dish of boiled maize

mecedora, rocking chair

mejilla, cheek

menudo, tiny, fragile

meter(se), to meddle, interfere; to place oneself

mezcolanza, mixture, jumble

mojado, wet, damp

molido, worn out, ground through the mill

monicongo (*Sp. Am.*), cartoon (cinema)

morir: — **a tiros**, to die from bullet wounds

mosquitero, mosquito net

muestra, sample; — **de sangre**, blood sample; — **gratuita**, free sample

murciélago, bat

negocio, deal transaction; — **redondo**, a profitable deal

ninfa, nymph

niquelado, chrome-plated

nivel, level; **poner el reloj a** —, to balance the pendulums of a clock

noche: — **en vela**, sleepless night

nudo, knot

ocuparse de, to occupy oneself with, attend to

occurencia, witty remark

olfatear, to sniff

olla, stew pot, casserole dish

onza, ounce

órbita, range

orinar, to urinate

oscurecerse, to darken

otoñal, autumnal, mature, sagging

óxido, rust

pájaro carpintero, woodpecker

palmadita, pat, slap

palo, stick

pan de dulce, sweet loaf

pantalón, trousers; **pantalones de montar,** riding breeches

pantufla, slipper

paño, cloth

papel secante, blotting paper

pardo, dark, dun-coloured

parpadear, to blink, flicker

partida, departure, game, entry

partido, political party

pasar: — de largo, to go by without stopping, give a wide berth

paso, step, pass; **dar — a,** to clear the way for; **ir de —,** to be passing by

pastilla, pill

pata, duck, leg of bed

payaso, clown

pedregoso, wheezy (breathing)

pegado, affixed, stuck

peineta, hair comb

pellejo, hide, skin

pendiente (*adj.*), pending, hanging; **estar — de,** watching attentively

pendiente de flores, floral wreath

penoso, painful, difficult

pensión, pension; **— de guerra,** war pension; **— vitalicia,** life pension

penumbra, darkness

perfil, profile; **de —,** in profile

persiana, Venetian blind, shade, shutter

persuadir, to convince

pesadilla, nightmare

pésame, condolence; **dar el —,** to present condolences

peso, weight, peso (monetary unit of Colombia)

pezuña, claw, hoof

picar, to chop finely

piloso, hairy

piojo, louse

pisada, footstep

piso, floor; **— de tierra,** earthen floor

pista, pit, arena

pitar, to whistle, blow a horn

plancha de hierro, old-fashioned type of iron made of cast-iron

planchar, to iron, smooth out

plata, silver; *colloq.* money

pliego, sheet (paper)

plomizo, greyish, lead-coloured

poder, power, jurisdiction

polilla, moth

polvoriento, dusty

pomo, door-knob

poner: -se, to become, put on; wear; **— atención,** to pay attention; **-se a gatas,** to go down on all fours, crawl

portazo, slam (of a door)

portillo, gap

pozo, pit, well

pregón, hawking, crying of a street vendor

presenciar, to watch, witness

prestarse, to lend oneself

presupuesto, budget

producto, income, earnings

pudrir(se), to rot, decay

pulmón, lung

punta, point, tip; **de puntillas**, on tiptoes
puñado, handful

quebrantar, to debilitate
quitar(se), to remove, take off; — **de encima**, to shed, get rid of

raso, satin
raspaduras, scrapings
raspar, to erase, scrape
rastro, trace, hint
rayado, lined, striped
razón, reasonable; **entrar en** —, to be reasonable
rebanado, cut, split
recaída, relapse
recapacitar, to think over
recibo, receipt
recobrar, to recover, regain
recolectar, to collect
reconfortar (*Sp. Am.*), to comfort
recortar(se), to delineate, stand out
recorte, (newspaper) clipping, cutting
recostar(se), to lean, lie
recurso, resource, recourse
rechazar, to refuse, reject
redondel, ring
regazo, lap
régimen, (medical) diet
regresar, to return
regular, *colloq.* so-so, fair, not bad
rehusar, to refuse
relámpago, lightning
remendar, to repair, mend

remesa, remittance, shipment
remiendos, patches, adjustments, modifications
remilgo, pretence
rendición, surrender
rendirse, to surrender
repicar, to toll, ring (bells)
repuesto, *adj.* recovered
requerido, detained, held back
resbalar, to slide, slip
resorte, spring
retazo, scrap, remnant
retirar, to withdraw, remove; **-se**, to retire
retroceder, to step back, retreat
reventar, to explode, burst
reverberante, shimmering
revolver(se), to stir, toss and turn
revuelto, mixed, messed up
rezar, to pray
riesgo, risk
riñón, kidney
rizos, curls; — **charolados**, glossy curls
rodar, to roll
rodeo, detour
rollo, roll
ropero, wardrobe
rotundamente, emphatically
ruleta, roulette
rumiar, to ponder, reflect upon

sábana, sheet
sacar, to take out, to get, to win; — **a máquina**, to type; — **un retrato**, to take a picture
saco, bag, jacket; — **del correo**, mail bag
sacudir, to shake

salpicado, dotted, spattered, sprinkled

salteado, jumbled

salvo, *prep.* except

sancocho (*Sp. Am.*), stew

sapo, frog, toad

sastrería, tailor's shop

sello, seal

sembrar, to sow, plant

sensato, sensible

sentido, direction; **cambiar de —**, to change course, direction

sentir: sentido, *adj.* heartfelt; **sentirse mal**, to feel unwell, ill at ease

silbido, whistle, hissing

silla de montar, saddle

síntoma, symptom

sistema dental, set of teeth, dentures

sitio, siege; **estado de —**, martial law

sobresaltarse, to be startled or frightened

soltar, to release, loosen, shed, let go

someter(se), to submit

sopor, drowsiness, lethargy

soporte, bracket, support

sorber, to sip

sordamente, quietly, secretly

sortear, to get through safely

sortija, ring

sudor, sweat

suela, sole (of a shoe)

sueño, sleep; **conciliar el —**, to manage to get to sleep

suministrar, to supply

surgir, to emerge

taburete, stool

tacto, touch

tambor, drum, barrel

tamborilear, to drum

tapar, to cover, close (up)

tapete, cover, small carpet

tapiz, tapestry, cloth; **tapizar**, to cover, carpet

tarro, jar, can

techo, roof, ceiling

tecla, key (piano *etc.*)

tela, cloth

telaraña, spider's web

tender, to stretch, extend; **-se**, to stretch out

tenso, taut

terco, stubborn

terquedad, obstinacy, stubbornness

tesorero, treasurer

tieso, stiff, rigid, firm

tiesto, flowerpot

tinaja, large earthenwar jar for water; **tinajero**, place where these jars are stored

tiniebla, darkness

titulares, headlines

tobillo, ankle

toldo, awning, canopy

tómbola, raffle

tontería, foolishness

toque, ring, sound; **— de queda**, curfew

torcedura, wrench, twisting, sprain

torcer, to wring, twist

trabazón, connection, encounter

tragado, swallowed up

traje: — de baile, evening dress; **— de ceremonias**, dress wear

tranca, bolt, beam, crossbar
transcurrir, to pass, elapse
transitar, to move about, pass by
trastienda, back of a shop
trastornado, confused, perplexed
trastorno, disturbance, disorder
travesaño, crossbar, beam
tregua, truce
trenzado, plaited, braided
trepar, to climb, scale
tripa, gut, entrails
triturado, crushed, chewed
tronal, throne-like
tropel, onslaught, heap
tropezar, to meet, confront
trueno, thunder
tubo, canal, tract, funnel, pipe;
    — **de vapor,** smoke stack;
    — **digestivo,** digestive tract
tuerca, nut (*mech.*)
tufo, odour
tumbo, tumble; **dar tumbos,** to
    bounce

uña, nail (of finger)

vacío, emptiness, *adj.* empty
vagar, to wander about
vaho, vapour, breath, waft
vaina, pod, sheath

valor, courage, value
varilla, rib (of an umbrella)
vender: — **a plazos,** to sell by
    instalments
vergüenza, shame, embarrass-
    ment
vericuetos, rough, uneven ground
    or territory; — **administra-
    tivos,** the ups and downs of
    bureaucracy
verja, grill, railing, iron grating
verruga, mole, wart
verter, to pour
vidrio, glass
vientre, belly, stomach
vísceras, entrails
vista: tener a la —, to have under
    close watch
voltear, to turn
vover(se), to turn, return
vuelta, turn, spin; thick coil (of
    hair)
vuelto (*Sp. Am.*), change (money)

yacer, to lie
yeso, plaster

zancudo, (*Sp. Am.*) mosquito
zurcir, to darn